ストラングラー

死刑囚の悔恨

佐藤青南

ハルキ文庫

角川春樹事務所

目次

プロローグ――7
第一章――14
第二章――68
第三章――129
第四章――195

ストラングラー

死刑囚の悔恨

プロローグ

矢吹加奈子《やぶきかなこ》は深く息を吸い込み、吐き出す勢いに任せて言葉を吐いた。

「本当なんですか」

アクリル板の向こうにいる明石陽一郎《あかしよういちろう》が、端整な顔立ちの眉《まゆ》をかすかに歪《ゆが》める。ぞわりと背中の産毛が逆立つ感覚があった。

明石は切れ長の目を細め、しばらく加奈子を見つめ続けた。言葉を探すというより、目の前の女刑事は味方なのかを、見極めようとしているようだった。

視線を逸《そ》らしてはいけない。鋭い視線の圧力に負けないよう、加奈子は眉間《みけん》に力をこめる。明石と面会するとき、加奈子はいつもそう心がけている。アクリル板を隔てているとはいえ、油断すれば言葉のナイフで切りつけてくる相手だった。

冤罪《えんざい》なのか、加奈子が明石の無実を信じているかは関係ない。人を咬《か》み殺したことがなくても猛獣は猛獣であり、扱いには細心の注意が求められる。東京拘置所に足を運ぶようになってからの数か月で痛感させられた。

明石が視線を落とし、ふっと笑みを漏らす。全身を締めつけていた鎖が外れたように、加奈子には感じられた。

「だったらどうする。おりるか」

「迷っています」

明石の表情は変わらない。静止画のように固まったままだ。

加奈子はふうと息をつき、首を左右に曲げた。

「でも簑島《みのしま》さんは、おりるかも」

「だろうな」

声音からはっきりと苛立《いらだ》ちが覗《のぞ》いた。加奈子が面会室に足を踏み入れてからの五分ほどで、この男が初めて見せた感情の片鱗《へんりん》だった。

「彼と連絡は？」

「取っていません。一度メッセージを送って、返信がなかったので電話をかけたけど出てくれませんでした」

あの衝撃から三週間が経過していた。

十四年前に四人の風俗嬢を殺害したとして死刑判決を受けた明石陽一郎は無実。

加奈子はそう信じていた。だからこそ、冤罪を成立させようと動いていた。それは簑島も、ほかの仲間たちも同じはずだった。

だが明石は人を殺していた。

品川《しながわ》に本社を置く世界的電機メーカー『ミューエレクトロ』の営業二課長だった西田貴《にしだたか》弘《ひろ》という人物を、死に至らしめていた。

その事実が判明した翌日から、簑島と連絡が取れなくなった。簑島の受けた衝撃の大きさを考えると、加奈子としても無理に連絡を取る気にはなれない。

「簑島さんの気持ちもわかります。ずっと明石さんに騙《だま》されていたんですから」

最初は心から信じていたわけではなさそうだ。むしろ憎しみと疑いの中で、それでも真実を知りたいという欲求から、明石との面会を繰り返していた。だが次第に、二人には友情に近い絆《きずな》が芽生えた。明石は簑島を信頼し、簑島のほうも、明石の無実を信じるようになった。

それなのに——だ。

明石がつまらなそうに、薄い唇の端を曲げる。「帰ってもかまわないぞ」

「いえ」と、加奈子はかぶりを振った。

「ただし、これ以上の嘘《うそ》が明らかになれば、自信ありません」

「嘘……」

明石は言葉の意味をたしかめるように呟《つぶや》く。しばらく待って反論がないのをたしかめてから、加奈子は口を開いた。

「否定しないんですか。騙していたわけでも、嘘をついていたわけでもない。忘れていただけ、封じ込められていた記憶がよみがえっただけだ……って」

「結果は同じだ」

「同じじゃありません。あなたの無実を証明するために動いていた人たちにとっては。あなたは人を殺していたんです。有罪判決を受けた四人の女性殺しは濡《ぬ》れ衣《ぎぬ》でも、別の人を殺していた。少なくとも無実ではなかった」

「無実だ。風俗嬢殺しについてはな」

「でも一人殺している」

明石が鋭く目を細める。加奈子はもう怯《ひる》まなかった。

「簑島さんの気持ち、私にはわかります。日本の判例では、一人殺したのと二人殺したのでは量刑に大きな差が出ます。二人以上を殺したら、よほどの事情がない限り死刑は免れません。明石さんが殺したのは一人。法に照らせば死刑になるべきではない。それでも、一人は殺しているんです。四人の連続殺人は濡れ衣でも、人を殺したのは間違いない。そんな相手に――」

「救う価値があるのか……って？」

明石が唇の端を持ち上げる。殺人犯は他人の生命を蔑《ないがし》ろに扱ったため、罰せられる。ではその罰として他人の生命を奪うことは許されるのか。救う価値がある生命とない生命の線引きをする人間の判断は正しいのか。それこそ傲慢《ごうまん》ではないのか。そう問いかけるような上目遣いだった。

相手のペースに乗せられてはいけない。加奈子は膝《ひざ》の上でこぶしを握り締めた。

「いまはそういう話をしているのではありません。信頼の話です。わかってますよね」

反応はない。だがきっと伝わっているると、加奈子は願った。でなければ簑島が、望月《もちづき》が、碓井《うすい》が、彼の無実を信じて汗をかいた人々があまりに報われない。

「みんな、明石さんは人を殺していないと信じたからこそ、冤罪を立証するために動いていたんです。あなたの無実の訴えを信じたから。それなのに、人を殺していた。立件された四人の女性殺害にかかわっていないにしても、別のところで一人を殺していたんです。しかもあなたは、それを隠していた。生命の価値の話じゃない。信頼の話です。簑島さんは――私もですが、あなたへの信頼が揺らいだんです。この人の発言を信用していいものか、信頼に値する人間なのかと、疑念が生まれたんです。だからあなたは、今後も協力をえたいのであれば、必死になって信頼を取り戻す努力をすべきです。言葉巧みに他人を操るのではなく、ありのままの自分をさらけ出して、理解をえようとするべきなんです。あなたは人を殺していた。そのことを協力者である私たちに話していなかった。あなたが重要な事実を意図的に隠していたのか、重度のアルコール中毒であったためにその事実を忘れていたのか、どちらでも結果は変わりません。ですが私たち協力者にとっては、まったく違います。私はあなたの言葉を信じていいのか、わからなくなりました。あなたが今後も四人の女性殺しの無実を主張し、冤罪の成立を目指すのであれば、そして私たちの協力をえたいのであれば、誤解を解いて、理解してもらおうとする努力をすべきです。いま私たちの中には、あなたへの疑念がくすぶっています。一つの嘘が明らかになれば、ほかにも嘘があるかもしれないと考えるのは当然です。四人の女性殺害については無実。でも別の男性の死にはかかわっていた。そしてその事実を隠されていたのならば、ほかにも隠していることがあるかもしれない。もっといえば、ほかにも誰《だれ》かを殺しているかもしれない。

私たちがあなたの冤罪を成立させるために奔走する行為は、野獣を野に放とうとするのに等しいのではないか」

明石の向こう側で、影のように控えていた制服の刑務官が腰を浮かせる。死刑囚とその協力者との面会で耳にする会話は相当衝撃的なはずだが、彼らが職責以上の動きをしたことはない。職員同士では話題にすることはあるのだろうか。どう思っているのだろう。四人の女性を殺したとして刑が確定し、執行を待つ死刑囚。連続殺人については冤罪。しかし事件化されていない、別の人物の突然死への関与。無実の罪で死刑台に送ってしまうかもしれない可能性に葛藤《かっとう》するだろうか。それとも、すべてが根拠のない陰謀論だと切り捨てているのか。

「帰ります」

加奈子は椅子《いす》を引き、アクリル板に背を向けた。

そのときだった。

「後悔している」

背後から明石の声がして、振り向いた。

相変わらずの無表情が、そこにはあった。

傲岸不遜――明石という人間を表現するのにぴったりな言葉だと、加奈子は思う。

ややこけた頬《ほお》には無精ひげ一つ浮いておらず、糊《のり》の効いたワイシャツを、肩と胸の筋肉が押し上げている。狭い独房で一日のほとんどを過ごし、いつ訪れるかわからない死に怯《おび》える男とは思えないほど、健康的で堂々とした佇《たたず》まい。

その男が、表情を変えずに唇だけを動かす。

「いまとなっては後悔している。あのとき、西田貴弘を死なせたのは自分だと出頭してさえいれば、連続殺人で濡れ衣を着せられることもなかった。愚かだった。そういう意味では、いまの自分の境遇は自業自得といえるかもしれない」

「違います」

加奈子は強い口調で言った。

「自業自得というのは、自分の犯した罪に応じた罰を与えられることです。あなたは一人の男性を死なせた。そしてその罪から逃げた。自分勝手で愚かなのは間違いありません。でも、いまのあなたがここにいるのは、あなたの犯した罪にたいする罰じゃない。あなたは罰を受けるべきことをしたかもしれませんが、あくまで自分の犯した罪で罰せられるべきです。個人的には割り切れない思いや、迷いもありますが」

加奈子はアクリル板越しの瞳《ひとみ》と見つめ合った。もともと思考が表情に出ない、なにを考えているのかわかりにくい印象だったが、いまではさらにわからなくなった。そういう問題ではないと否定したものの、この男に救う価値があるのかという思いも、やはりわだかまっている。

それでも加奈子は言った。

「また来ます」

明石の反応は見ないようにして、面会室を後にした。

第一章

1

簑島朗《あきら》は署の玄関をくぐったところで足を止めた。

「どうしました」

スーツに身を包んだ若手刑事が、怪訝《けげん》そうな顔で振り返る。つい二十分ほど前に互いの自己紹介を済ませたばかりの、秋葉原中央《あきはばらちゆうおう》署刑事課所属の工藤《くどう》という男だった。

「すまないが工藤くん、先に行っていてくれませんか」

「先に……ですか」

工藤の声にははっきりとした困惑が滲《にじ》む。いきなりそんなことを言われても途方に暮れるのは当然だ。行けって、どこに。だが当初の印象通り、控えめな性格のようだ。本部と所轄の力関係を無視して意見してくることはない。

「わかりました」

「後で連絡します」

長身の若手刑事を早足で置き去りにし、簑島は署の敷地を出た。

たしかこっちだった。

あたりをつけた方角に視線を凝らすと、ちょうど男の人影が角を曲がって消えた。男は不自然なほど黒い肌を派手な柄のアロハシャツで包み、ハンチングをかぶっていた。間違いない。簑島は地面を蹴《け》って駆け出した。

角を曲がるが、人影は見えない。

どこに消えた。

あの男の目的が自分なのは、間違いないはずなのに。

周囲を見回しながら歩いていると「元気そうじゃないか」と背後から声がした。

男が電柱にもたれ、腕組みをしている。

「碓井さん。なにしに来たんですか」

「なにって。追いかけてきたのはそっちじゃないか」

「追いかけさせたんでしょう。しらじらしい」

碓井がふっと鼻を鳴らす。

「近くまで来たんで、様子を見に寄ってみた」

「よく言いますね。おれは捜査本部に招集された身ですよ」

本庁捜査一課所属の簑島の本来の職場は、桜田門《さくらだもん》だ。あえて調べなければ、簑島がいま秋葉原にいると知りようがない。

碓井はルポライターで、取材の腕を見込んだ明石に獄中からアプローチされ、明石の無実を証明するための協力者となった男だった。

「心配していたのは事実だぜ」

「明石の手駒になる人手が足りないからですか」

「ずいぶんだな。おれだって明石の西田殺しを知って驚かされたんだ。やつとグルだったわけじゃない」

そんなことはわかっている。明石が殺しをしているかもしれないとわかったときの、あの無念さと怒りが入り交じったような表情が演技なら、碓井は役者になるべきだ。

「それなら手を引いたらどうですか」

「それも考えた。だが西田殺しが明石の仕業となれば、十四年前のオリジナル・ストラングラーによる一連の事件については、むしろ明石の無実が証明されることになる」

「だからって、殺人者を檻《おり》の外に出す手助けをするっていうんですか」

「そうだ」と、碓井は即答した。

「明石は一人殺してる。明石の記憶がどこまでたしかなのか、どこまで真実を語っているのか定かじゃないが、やつの話を信じるならば、やつの罪状はせいぜい傷害致死だ。殺人じゃない」

西田殺しを知ったときには碓井も衝撃を受けたようだったが、すでに彼なりに折り合いをつけたようだ。

「明石がどこまで真実を語っているのか定かじゃないとおっしゃいましたが、おれにとってそこが問題です。やつの言葉を信じられなくなりました」

「やつは嘘《うそ》をついていたんじゃない。重度のアル中と人を死なせてしまったショックで、記憶を失っていた」

「それも本当かわかりません」

「だがもしも本当なら？」

碓井がポケットからくしゃくしゃになった紙タバコのパッケージを取り出し、一本を口に咥《くわ》えた。百円ライターの石を擦《こす》りながら言う。

「もしもやつの話が本当で、やつがオリジナル・ストラングラーじゃなかったとすれば？　最近のストラングラー事件が、過去の事件の模倣ではなく、明石を人身御供《ひとみごくう》に逮捕を免れたオリジナル・ストラングラーの復活だとしたら？　なにもおれは、明石の思うままに動けと言ってるんじゃない。おれ自身、そんなつもりはないしな。ただ真実が知りたい。それだけだ」

「おれだって同じです」

「だったら――」

「おれたちがどういうつもりだろうと、やつに利用される可能性はあります。おれはもう、あいつの言葉を信じられない。信じられない人間のために、動くことはできません」

「真生子《まおこ》さんを殺したやつが、罰せられることもなく人生を謳歌《おうか》しているとしても、か」

ぐっ、と言葉が喉《のど》に詰まった。

言葉が出てこない代わりに、視線で碓井に抗議する。

碓井は簑島の鋭い眼差《まなざ》しに対抗するかのように、目を細めた。

「おれにとって目的は明石の無実の証明じゃない。真実を知ることだ。明石が四人の風俗嬢を殺した張本人だと確信すれば、手を引く。最初からそのつもりだった。望月と違ってやつに心酔してるわけじゃない。それなりに情は湧《わ》いたがな」

望月もまた、明石の無実を証明するための協力者だった。明石は逮捕時点で風俗のスカウトマンだったが、もともとは警察官だった。望月は警察官時代の明石に恩があるらしい。

崇拝しているといってもいいぐらい、明石に心酔している。

そのほか明石の妻である仁美《ひとみ》、途中から加わった北馬込《きたまごめ》警察署刑事課の矢吹加奈子が冤《えん》罪《ざい》を成立させようとする『協力者』だった。一時は渋谷《しぶや》区道玄坂《どうげんざか》のアジトに毎日のように通っていたものの、明石の西田殺しがわかって以降、簑島は誰《だれ》とも連絡を取っていない。

だが、と碓井は続ける。

「調べれば調べるほど、この事件は冤罪じゃないかという疑いが強くなった。もしかしたら獄中の明石から、いいように操られているかもしれない。上手《うま》い具合に情報操作されて、現実が歪《ゆが》んで見えているのかもしれない。何度もそう思った。だがおれだって腐ってもジャーナリストの端くれだ。それなりに修羅場をくぐってきた自負はあるし、実際に人を見る目だって、それなりにあるつもりだ。連続殺人に限れば、明石はシロ。その心証を決定づけたのが、明石による西田貴弘殺しだ。西田殺しは、おれたちにたいする裏切りといえるかもしれない。無実だと思っていた男が、別の殺人に手を染めていたわけだからな。明石という人間を信用できなくなるのも当然だ。だが同時に、ほぼ同時刻に発生した風俗嬢殺しについては、完全にシロってことになる。そして四件のうち一件について冤罪が成立すれば、すべてが濡《ぬ》れ衣《ぎぬ》ってことになる。つまり明石はあんたの元恋人を殺していない。だとすれば、真犯人は捕まっていないことになるんだぜ」

明石は四人の風俗嬢を殺害したとされている。四人とも明石にスカウトされたという共通点があったため、当時の捜査本部が明石に注目したのだ。その後、別件の傷害容疑を口実に行われた家宅捜索により、アパートの押し入れから被害者の毛髪やＤＮＡが付着したロープが発見され、逮捕に至る。公判での明石の無実の主張は退けられ、死刑判決が確定したのはおよそ八年前のことだった。

ところが連続殺人の三人目の被害者である西田結《ゆい》が殺害されたとされる時刻に、明石は西田結にストーカー行為を働いていた客の男に会いに行っていたことを思い出した。その相手が西田貴弘だ。西田貴弘に当時のことを証言させれば、明石の無実が証明される。簑島たちは西田貴弘の勤務先を特定すべく、品川じゅうの企業に聞き込みをしてまわった。ようやく西田貴弘が『ミューエレクトロ』の営業二課長だったと突き止めると同時に、明石と会ったはずの夜に西田が死んだという事実が明らかになったのだった。

「それすらも、明石の策略かもしれません」

「そこまで考え出すとキリがなくなる」

碓井は紫煙を吐き出しながら、愉快そうに肩を揺すった。

「そこまで考える必要のある相手ですから」

「否定はしない。明石は頭の回転が速い上、他人を利用するのに躊躇《ちゅうちょ》のない男だ。おまけに他人を操作する話術と人間的な魅力までそなえている。安心して背中を預けられる相手じゃない」

「なのに、やつの無実を信じるんですか」

「少なくとも風俗嬢連続殺人については、な。明石に人が殺せないとは思わない。やつには殺せる。たぶんおれや、あんたや、望月なんかよりもよほど簡単にやってのける。ただ、ホテルに呼び出したデリヘル嬢の首をロープで絞めて殺したっていうより、デリヘル嬢につきまとうストーカー男を投げ飛ばして殺したっていうほうが、おれにはしっくり来る。それだけだ。あんただって、本当はそう思ってるはずだ」

簑島は無言のまま、虚空を漂う煙を見つめていた。

「悪い。まるであんたを呼び戻そうとしているみたいになっちまったな。そういうつもりじゃなかったんだ。あんたの割り切れない気持ちだってわかる。おれや望月や矢吹ちゃんとあんたじゃ、わけが違うもんな。別にいいんだよ、明石のことをどうこうとかは。ただ、せっかくの縁だからさ」

なにを思ったのか、碓井が「いや。違うんだぜ」と自分の発言を否定する。

「仲良しこよしをやりたいってわけじゃない。たまたま利害が一致して行動を同じくしていただけで、おれたちは友達じゃない。それでも、こうして知り合いになったんだ。プライベートで飲みに行こうとは言わないが、今後の互いのメリットのために、縁は残しておいても罰は当たらないと思うがな」

「どういう意味ですか」

「仕事柄、おれは裏社会に通じてる。あんたの役に立てる」

「おれの情報屋になってくれるんですか」

「もちろん、相応のリターンはいただく」

「内部情報をリークしろと？」

「取材源はぜったいに明かさない。あんたは事件を解決する。おれはあんたからの情報をもとに記事を書く。どうだ」

しばらく考えた。

「リークできる情報とできない情報があります」

「そんなのはわかってる。どのみち報道されることなら、おれに真っ先に教えてほしいってだけだ。どうだ。悪くない話だろ」

碓井がこぶしを突き出してくる。

遠慮がちにこぶしを合わせると、「交渉成立だな」碓井はにんまりと頬《ほお》を持ち上げた。

「話はそれだけだ。元気そうでよかった。望月も会いたがってたぜ」

「矢吹さんはどうですか」

「なんでおれに訊《き》くんだよ。矢吹ちゃんはあんたの身内だろ。気になってるならてめえで連絡しな」

碓井が携帯灰皿でタバコを揉《も》み消し、じゃあなと軽く手を上げて去って行く。

その後ろ姿を見送りながら、簑島は鼓膜の奥に男の声を聞いていた。

——おまえ結局、なんだかんだでまた連中とつるむようになるんじゃないか。仲良しこよしをやりたいんだ。

「うるさい」

——おいおい。先輩にたいしてなんだ、その口の利き方は。

先ほどまで碓井が立っていたあたりに、ぼんやりと人影が現れる。人影は次第に輪郭をくっきりとさせていき、中年男の姿を露《あら》わにした。

中年男は豊かな黒髪をオールバックに撫《な》でつけ、開襟シャツの胸元から金色のネックレスを覗《のぞ》かせている。碓井に負けず劣らず、堅気離れした風貌《ふうぼう》だ。

「先輩じゃない」

——先輩だろうが。おまえに刑事のイロハをたたき込んでやった恩を忘れたのか。

「それはおまえじゃない」

——おれだ。よく見ろ。

中年男が自らをアピールするように両手を広げる。

「伊武《いぶ》さんは死んだ」

ストラングラーに銃撃されて。雨の上野《うえの》公園で血だまりが広がっていく光景を、簑島はいまでも鮮明に思い出すことができる。

中年男の名は伊武孝志《たかし》。捜査一課の同僚で、かつて簑島が兄のように慕った相手だ。

――そしておまえのところに戻ってきた。

「戻ってきていない。おまえは偽者だ。伊武さんでも、伊武さんの霊でもない。おまえは存在していない。おれが作り出した幻覚であり、幻聴だ」

伊武は死んだ。雨の上野公園で、フードを目深にかぶった紺色のウインドブレーカーの男に銃撃された。簑島の目の前で息を引き取った。

――いいのか？　そんなことを言っても。

なにが？　と頭の中で訊き返す。

――おれが存在しないのなら、おまえは狂ってるってことになるぞ。

「狂っていない」

――狂ってる。存在しない相手と会話しているのを狂ってると言わずに、なにを狂ってるって言うんだ。

簑島はぎゅっと目を閉じた。だが伊武の姿は消えることなく、まぶたの裏側にはっきりと映っていた。

――おまえ、狂ってるよ。おまえみたいな頭のおかしな人間が警察の一員として捜査権を行使するなんて、危なっかしくてしかたない。いますぐに手帳を返上すべきだ。

「黙れ」

――黙らない。そもそもおまえは、最初から狂っていたんだ。明石陽一郎に恋人を殺されたときから。恋人がおまえに内緒で風俗嬢をやっていたと知ったときから。なんで真生子がデリヘルで働いていたか、その背景を知るために警察官を志望するなんて、頭がおかしいだろ。狂ったやつのすることだ。

「消えろ」

――真生子がデリヘルで働いたのは、いろんな意味でおまえじゃ物足りなかったからだよ。彼女を理解してやることもできず、性的にも満足させてやれなかった。だから風俗に走った。そういう意味では、真生子が殺された責任は、おまえにもある。いや、ほとんどおまえの責任かもしれない。

「違う」

――誠実と言えば聞こえはいいが、ようは融通の利かない退屈な男だもんな。平和な家庭で安穏と育ってきたおまえのような男には、父親にレイプされ続けた女の抱える闇《やみ》の深さなんて、想像も及ばないだろうよ。おまえみたいな男と付き合ったのが、彼女にとって運の尽きだったのさ。

「うるさいっ！」

そう言ってこぶしを振り上げたとき、すでに伊武の姿は消えていた。

通行人の若い女が、ぎょっとした顔でこちらを見ている。

簑島は顔を伏せ、その場から足早に立ち去った。

2

激しい手ブレが、撮影者の味わった恐怖の大きさを表していた。

いや、それはもしかしたら恐怖ではないのかもしれない。本当に恐怖を感じていたら、こんな動画を撮影できるだろうか。恐怖でないとすれば、激しく揺れる画面と、イヤホンから聞こえてくる荒々しい息づかいの源は、喜び——だろうか。この動画をＳＮＳにアップすることでえられる注目の大きさを想像して膨らんだ興奮が、撮影者の手を大きく震えさせている。

簑島の手にしたスマートフォンの液晶画面では、男が繰り返しなにかを蹴っているような映像が流れていた。撮影時刻は夜の十一時過ぎ。秋葉原とはいえ、中心部から少し離れた裏路地なので、周囲が暗くてなにが起こっているのかわかりにくい。

よく見ると、男の足もとにもう一人の人物が映っている。その人物は地面に横たわっていた。

暴行の瞬間だった。二人の男は加害者と被害者だ。

通行人が撮影し、ＳＮＳで拡散された映像だった。

大きく振り上げられた足が、横たわる被害者の顔を蹴り上げる。被害者の頭は大きく跳ねたが、そのまま重力に従って落下し、地面に激突してバウンドする。すでに意識がなくなっており、かなり危険な状態であることがわかる。

『やばくね』

イヤホンから聞こえる呟《つぶや》きは、撮影者のものだろう。撮影者は誰かと一緒だったらしく、『やばい。完全に飛んじゃってる』と呼応する声も聞こえる。

本当に『やばい』と思ったのであれば、なぜすぐに警察に通報しなかったのか。なぜ被害者の生命よりも、決定的瞬間の撮影を優先したのか。これまでに何度も見返した映像だが、見るたびに犯人だけでなく、撮影者への怒りが湧いてくる。

やがて暴行を加えていた加害者が、肩で息をしながらこちらを見る。

『やばいって』と、同行者が撮影者の腕を引いて逃げようとしたらしく、画面が大きく揺れる。だが肥大した承認欲求に囚《とら》われた撮影者は、加害者にレンズを向け続ける。

加害者が肩をいからせながら、歩み寄ってくる。

加害者の容姿が、はっきりと捉《とら》えられた。坊主頭に細い眉《まゆ》。大きく見開かれたまぶたの中で、瞳《ひとみ》が爛々《らんらん》と輝いている。手足は細長いが僧帽筋《そうぼうきん》は大きく盛り上がっていて、喧嘩《けんか》慣れした印象だ。

『撮ってんじゃねえぞ！』

加害者がこちらに向かって手をのばす。

明確な敵意に反応し、ついに撮影者が逃げ出した。画面が暗転し、激しく揺れる。しばらく慌ただしい足音と乱れた呼吸音だけが続いた。

『マジでやばいって。あいつどこ行った？　逃げた？』

液晶画面に夜の町並みが現れる。離れた位置から、先ほどの現場の方向にカメラを向けている。はるか前方に、走り去る加害者らしき男の後ろ姿が映っていた。

簑島はワイヤレスイヤホンを外し、動画投稿アプリを閉じた。

間違いない。似ているというレベルではなく、犯人は樺島勝利《かばしまかつとし》だ。

事件が発生したのは、昨晩遅くのことだった。秋葉原駅から徒歩十分ほどの路地裏に倒れている男性を通行人が発見し、消防に通報。しかし救急隊が到着したときには男性はすでに心停止しており、懸命の救命措置も実を結ぶことはなかった。

死因は外傷性ショック死。遺体の顔は血まみれの上、もとの顔立ちがわからないほど変形していたが、所持品から身元はすぐに判明した。

本山健《もとやまけん》、三十八歳。江戸川《えどがわ》区在住で、リフォーム会社を経営している男だった。

現場を所轄する秋葉原中央署が『秋葉原男性暴行殺人事件』特別捜査本部の設置を決めたのと時を同じくして、SNS上に犯行の模様を収めた動画が投稿され、秋葉原中央署に通報が殺到する事態に発展した。通報には犯人を個人的に知っているという内容も多く、樺島勝利の名前が挙がったのだった。

樺島勝利、四十五歳。住民票の住所は東京都葛飾《かつしか》区のアパートになっているが、半年ほど前まで窃盗で服役していたようだ。千葉県出身で、地元では札付きのワルだったらしい。

野球推薦で強豪校に進んだものの、暴力沙汰《ざた》を起こして中退してからは転がり落ちるような人生だった。四十代なかばになる現在まで、刑務所に出たり入ったりを繰り返している。

現場付近の防犯カメラを分析したところ、樺島が路上を歩く被害者に因縁をつけ、肩をつかんで強引にどこかへ連れて行こうとする様子が撮影されていた。また、秋葉原駅近くの公園のゴミ箱から被害者の財布が発見され、札が抜き取られていたことから、金目当ての犯行とみられている。

「酷《ひど》いですよね、その映像」

工藤がこちらを一瞥《いちべつ》し、沈痛な面持ちになる。

「まったくです」と相棒に同意し、簑島は口もとを手で覆った。

「なにか引っかかっているんですか」

「財布を奪う場面がありません」

「それがなにか……おっと」

がくん、と視界が揺れる。老女が車道を横断しようとしたので、工藤がブレーキを踏んだのだ。

二人は車に乗っていた。目的地が駅から遠いので、レンタカーを利用することにしたのだ。

「危ないな、お婆ちゃん。ちゃんと横断歩道渡ってよ」

老女は急停止した車など存在しないかのように、ゆうゆうと車道を横切っている。

ようやく老女が横断を終えた。アクセルを踏み込みながら、工藤が話を戻す。

「失礼しました。財布を奪う場面がない、という話でしたね」

「そうです」

「あの映像の撮影者は、犯行の一部始終を映像に収めたわけではありません。たまたま現場近くを通りかかって暴行の現場を目撃し、スマホで録画したんです。映像を見る限り、樺島が暴力を振るってもほとんど反応を示さなくなっていましたし、撮影が開始された時点でかなり長い時間、暴行が加えられていたと予想されます。ですから、撮影開始前にいくらでも時間はあったはずです」

「財布を奪う時間が、ということですよね」

「もちろんです」

「樺島の目的は、金のはずです」

あっ、と工藤が声を上げる。

「たしかに。単純に金目当てであれば、樺島はとっくに本懐を遂げていた」

「それなのにしつこく暴行を継続した」

「激しく抵抗されたのでしょうか」

「それにしたって、動画の被害者は最初からぐったりしていました。もはや力で制圧する必要もなくなっていたはずです」

しばらく虚空を見つめていた工藤が、探るような口ぶりになる。

「簑島さんは、樺島になにか金以外の目的があったとお考えですか」

「わかりません。たんにカッとなると見境がなくなるタイプだった可能性もあります」

動画で撮影者を怒鳴りつけたときの、樺島の異様な目の輝きを思い出す。

「金以外だったら、怨恨《えんこん》？」

「動画で見られる執拗《しつよう》な暴行も、なにかしらの恨みに基づいていたと考えれば頷《うなず》けます」

「逮捕と服役を繰り返す札付きのワルと会社経営者……住まいも離れていて生活圏も重なっていないようですし、接点が見当たりませんが」

工藤の言う通りだった。被害者と加害者の間には、そもそも強い恨みを抱くほどの接点がない。なにしろ娑婆《しゃば》にいるより塀の中にいるほうが長いような男だ。

目的地に到着した。千葉県柏《かしわ》市の郊外にある住宅地。そこには樺島の実家があるはずだった。

だが樺島の実家の住所には真新しい家が建っており、しかも表札は『浜崎《はまさき》』となっている。ためしにインターフォンを鳴らしてみたが、出てきたのは当然ながら浜崎という三十代くらいの女性だった。

「ここに樺島民世《たみよ》さん、という方が住んでいらしたと思うのですが」

工藤が口にしたのは、樺島の母親の名前だった。千葉県警から提供された情報によれば、樺島は幼いころに両親が離婚し、母親の女手一つで育てられてきた。

浜崎はやや迷惑そうに首をひねった。

「前の方は存じ上げません。この土地は競売で手に入れたので」

競売にかけられたということは、差し押さえにでもあったのだろうか。不動産を手放すのであれば、普通は仲介業者に依頼する。

「この土地を購入されたのは、いつごろですか」

簑島の質問に、浜崎は自らの正当性を主張するように唇をすぼめた。

「一年ほど前です。土地建物を購入して、上物を取り壊し、新しい家を建てました」

「建物も？」

土地建物を購入したのに、わざわざ建物を取り壊したのか。

「ええ」と浜崎は顎《あご》を引いた。

「最初はそのまま住むつもりだったんですけど、酷い物件をつかまされたって、主人が怒っていました。とてもそのまま住めるような状況ではなかったけど、もともと格安で入手した競売物件だったし、しかたがないと諦《あきら》めて、取り壊して新築することにしたんです」

「酷い……とは、具体的にどのように酷い物件だったのですか」

ううん、と浜崎が顎に手をあてて考える。

「一見すると問題のない、すごく素敵な家なので私にはよくわからなかったんですけど、床下とかが補強されていて、しかもその補強の仕方が、専門家から見たらありえないような、かなり杜撰《ずさん》なやり方だったみたいで」

「違法建築ですか」

工藤が眉をひそめる。

「建築というより、リフォームみたいです」

「リフォーム？」と、簑島が訊き返す。

「ええ。本来は補強の必要もないのに、わざと壊して、そこを修理するようなことをやっていたみたいです。しかも何度も何度も。前の持ち主が悪徳リフォーム業者に引っかかったのではないかと、専門家の方は言っていました。おかげで耐震性にも問題があったみたいで、とてもそのままでは住めないという話になって」

いまの聞きましたかという感じに、工藤の視線がこちらを向く。

「つながったかもしれません」

浜崎からの聴取を終えた後で、簑島は言った。

「被害者が経営していたのはリフォーム会社でした」

工藤の声は興奮でうわずっている。

樺島民世は、悪質リフォーム業者の餌食《えじき》になった。

おそらく樺島が服役中の出来事だ。樺島は出所して初めてそのことを知った。

ということは、犯行の動機は金ではない。

怨恨だ。

「でもいくら悪徳業者とはいえ、殺すでしょうか。工事は杜撰だったかもしれないけど、母親は自分の意思で契約書にサインしているのでしょうし」

「いや。そうとは限りません」

簑島の脳裏には、ある可能性が浮かんでいた。「近隣に聞き込みしてみましょう」

二人で近隣への聞き込みを行った。

樺島民世が税金を滞納し、財産を差し押さえられたのがおよそ一年前。その後の民世の行方を知るものはいない。以前は民世と親しくしていたという住民でさえ、差し押さえ直前には没交渉に陥っていたようだ。なにかトラブルがあったわけではなく、単純に民世と顔を合わせる機会が減ったせいだという。

「つまり樺島民世は認知症だったと？」

工藤は缶コーヒーを口に運びながら目を見開いた。

「だと思います。ご近所さんが気づいておらず、行政も介入していないということは、軽度だったかもしれませんが」

簑島も缶コーヒーのプルタブを起こし、ひと口飲んだ。

「そういうことか」と、工藤はなにか思い当たったようだ。

「樺島民世は、昼夜逆転に近い生活リズムになっていたのかもしれませんね」

「おれもそう思いました。認知症の代表的な症状に、生活リズムが崩れて昼夜逆転するというのがあります。樺島民世は昼夜逆転したせいで近隣住民と顔を合わせる機会が減っていたんです」

二人はレンタカーに戻り、車内で会話していた。

「だとすれば相当酷い話です。認知症で正常な判断力のない女性に必要のないリフォームをセールスし、破産するまで金を吐き出させたわけですから」

簑島は頷いた。

「差し押さえの原因も、不要なリフォーム契約のせいかもしれません」

刑期を終えて出所した樺島勝利は、実家が差し押さえられた事実を知る。その原因が悪徳リフォーム業者による強引なセールスであったことも。殺された本山健こそが、樺島の母に不要なリフォームを契約させた張本人だったのではないか。

「樺島にたいする見方が一八〇度変わりました。あの動画を見た時点では、血も涙もないクズだと思っていました。前歴があると知ったときにも、やっぱりと思ったし、そんな人間だったら金目当てに通行人を襲ってもおかしくないと決めつけていました。でもいまは正直、樺島に同情しています。母親の認知症に乗じて破産するまでリフォーム契約させるなんて、もしも自分が樺島と同じ立場でも、同じことをしたかもしれません」

「決めつけるのはまだ早いです。母親の認知症や悪徳リフォームによる破産は、あくまでおれの推測に過ぎません」

「わかっています。もしも簑島さんの推理が正しければ、樺島の母親はいまどこでなにをしているんでしょう」

「運良く行政の手を借りることができれば、どこかに引っ越して生活保護でも受けているか、施設に入っているでしょうが」

あくまで楽観的な意見だった。実際には、おそらくそうなっていない。

工藤も同じ考えのようだった。

「悪徳業者に身ぐるみ剝《は》がされて差し押さえ食らうぐらいだから、そうはなっていないと思います」

「だとしたらホームレスとか」

「最悪だ」

工藤が苦いものを飲んだ顔になった。

刑務所に出たり入ったりする札付きのワルが、ついに殺人にまで手を染めた。そんな単純な図式であれば、樺島にたいしてまっすぐな怒りを向けることができたのに。

「とにかく母親の所在を特定するのが、樺島の身柄確保への最善手のようですね」

事件発生後、樺島は行方《ゆくえ》をくらませていた。葛飾区内の自宅アパートには帰っておらず、職場の板金工場も無断欠勤したようだ。事件を起こした直後に現場近くのコンビニエンスストアのATMでほぼ全財産となる十八万円を引き出しているため、逃亡にそなえてターミナル駅や空港、バスターミナルに警察官を張り込ませている。

母親の復讐《ふくしゅう》で人殺しをするぐらいだから、逃亡中でもなんらかの手段で母親にコンタクトを図る可能性が高い。

「とはいえホームレスになっているとしたら、所在を特定するのは難しいですね。ホームレスの集まりやすい繁華街をしらみつぶしにするといっても、かなりの手間です」

お手上げのジェスチャーをする工藤の横で、簑島はじっと一点を見つめたまま固まっていた。

「簑島さん？」

名前を呼びかけられたのは、おそらく何度目かだろう。顔を上げると、工藤が怪訝そうに眉をひそめている。

「どうしました。大丈夫ですか」

「すみません。ちょっと考え事をしていました」

関東近郊に寝泊まりする多くのホームレスから一人を特定するのは、警察の捜査能力をもってしてもそれなりに時間がかかる。

だがおそらく、あの男なら。

──あんたは事件を解決する。おれはあんたからの情報をもとに記事を書く。どうだ。

簑島の脳裏には、ついさっき三週間ぶりの再会をはたした男の声が響いていた。

3

碓井が池袋《いけぶくろ》のショットバーの扉を開いたのは、簑島が注文したジントニックのグラスが空になるころだった。

薄暗い店内には、控えめな音量でジャズが流れている。西口繁華街の雑居ビル五階に入った、カウンターのみ八席という小さな店だ。

振り返って軽く手を上げる簑島に、碓井はにんまりとした笑みで応じた。そそくさと簑島の隣のスツールに座る。

「良い店だろ」

「そうですね」

この店を指定したのは碓井だった。

「なに飲んでるんだ。ちょうど空いたところみたいだな」

碓井は簑島の答えを待たずに、カウンターの中でグラスを拭《ふ》くマスターに手を上げた。若々しい印象だが、綺麗《きれい》に整えた髪は半分ほど白い。年齢不詳の雰囲気のこの男が、一人で切り盛りしているらしい。

「おれはビール。あんたは？」

「同じものを」

なるほど、たしかに「良い店」だと簑島があらためて思ったのは、注文したドリンクが提供された後だった。それまでカウンターの中にいたマスターが、込み入った話があるのを察したように、奥に消えたのだった。

「まずは再会を祝して」

そんな状況でもないが、頼み事をしたのはこっちのほうだ。促されるままにグラスを合わせた。

いっきにグラスを半分ほど空けた碓井が、コマーシャルに登場するタレントのようにぷはーと美味《うま》そうな息を吐く。

変わらないな。簔島は小さく笑った。

「望月も来たがってたぞ。簔島の旦那《だんな》に会いたいって」

金髪細眉なのに威圧感のない、妙に人の良さそうなくしゃっとした笑顔が脳裏に浮かんだ。

「その呼び方、やめてくれって言ってるのに」

いっぽうで、まだその呼び方をしてくれるんだという嬉《うれ》しさもあった。こちらが一方的に距離を置いているのに、まだ慕ってくれるのか。

「いつか連絡してやってくれよ。あいつは明石の件に関係なく、あんたのことを好いている。利害関係なく、あんたに会いたいと思っているんだ」

曖昧《あいまい》な笑顔で返答を避けた。

気まずさを嫌うように、碓井が話題を変える。

「それにしてもまあ、大変だったわ。この短期間で一人のホームレスを探し出すっていうのは」

簔島が樺島民世の捜索を依頼してから、わずか二日だった。依頼した簔島自身、こんなに早くに連絡があるとは思っていなかった。

「間違いなく、樺島民世だったんですか」

「その前に――」碓井がルポライターの顔になる。「あんたのほうから情報を聞かせてもらおうか。ギブアンドテイクだ。おれだってロハで警察のために動いてやるほど、お人好しじゃない」

「わかりました」と、二杯目のジントニックで唇を潤してから言った。

「本山健が一年前まで勤務していたリフォーム会社は、強引なセールス、杜撰な施工、見積もりと異なる高額な請求で、業界内でも悪徳業者として知られていました。経営者が公金の不正受給で逮捕されたり、業務停止命令を受けたりした結果、一年前に解散していました。本山はその会社で営業担当をしており、トップセールスマンでした」

「不法行為のデパートみたいな悪徳業者だったわけだな。ってことは本山の会社は、悪徳業者で手にしたノウハウをもとに起《た》ち上げられたのか」

「そうです。そして本山の前の会社の同僚に聞き込みしたところ、やはり樺島民世は本山の顧客だったようです。元同僚によれば本山は樺島民世の認知症に気づいており、工事したことを忘れるからやりたい放題できるとうそぶいていたようです。実際に同じような無意味なリフォーム工事が繰り返され、費用の総額は三千万円にものぼったという話でした」

「けっこうな金額だな。そんなに持ってたはずの母親がホームレスに身をやつしてれば、そりゃなにがあったのかと調べたくもなる。その結果、悪徳業者に吸い上げられていたとわかれば、ぶっ殺したいと思うわな。血も涙もない」

痛ましげに顔を歪めた碓井が、ふと顔を上げた。

「樺島の所在は？」

「まだわかっていません。ネットカフェやホテルには手配書を撒《ま》いていますが」

「そうか。もう遠くに逃げちまってるかもな」

どこか投げやりな口調が引っかかった。

「そうでしょうか。樺島は母親の復讐のために人殺しをしたんです。認知症でホームレスになった母親を置き去りにして、逃亡するとは思えません。なんらかのかたちで母親に接触を図る可能性が高い」

だからこそ碓井に協力を依頼したのだが。

「そりゃあ、ない」

「なんで――」

遮って言葉をかぶせられた。

「死んでるんだ」

絶句する簑島を一瞥し、「死んでるんだ」と碓井は繰り返した。

「だから、樺島が母親に接触する可能性はない」

「たしかですか」

碓井は懐《ふところ》から一枚の写真を取り出した。

どこかの公園だろうか。薄汚れたダウンジャケットを身につけた老女が、発泡スチロール製の丼《どんぶり》を持っている。丼からは湯気が立ちのぼっていた。

「生活困窮者を支援するNPO団体のメンバーが撮影した写真だ。その団体は上野で定期的に炊き出しをやってな、そのときの写真だ」

さらに一枚、写真が差し出された。

今度のは、集合写真を拡大したもののようだった。桃色のセーターを身につけた老女が、はにかんだ笑顔を浮かべながらこちらを見つめている。周囲を同年代の男女に囲まれていて、最初の写真より幸福な空気感が伝わってきた。

「近所のイベントかなにかで撮影されたものらしい」

近所というのは、樺島家の近所という意味だろう。つまりこの女性が、樺島民世。

簑島は二枚の写真を見比べた。

「同一人物……ですか？」

疑念に語尾が持ち上がる。

似ているといえないこともない。だが両者から受ける印象があまりにも異なっていて、同一人物に思えない。ホームレスの女性のほうが、集合写真の女性よりも二回り近く年嵩《としかさ》に見える。

「おれだって確信が持てなかった。ホームレス生活ってのは短期間で別人みたいに人相を変えてしまうほど、過酷だってことだろう」

二枚の写真を見つめながら、碓井がタバコのパッケージを取り出す。口に咥えたタバコに火を点《つ》けながら言った。

「NPO法人の代表にも話を聞いてきた。この女性は、タミちゃんと呼ばれていたらしい。自分でそう名乗ったんだと」

ホームレスの女性の写真に向けて顎をしゃくる。

樺島民世。民世だからタミちゃん。

「認知症の症状も見られたし、どうやら心臓に問題も抱えていたらしく、NPO法人ではタミちゃんを何度か病院に連れて行ったりもしたそうだ。だけど、本人が嫌がったら無理やり入院させるわけにもいかないよな。粘り強く説得を続けていたが、その甲斐《かい》もなく、タミちゃんはねぐらの段ボールハウスで就寝中に心臓発作を起こして、そのまま死んじまった。遺品といえるものはほとんど残ってなかったそうだが、NPO法人で保管しているものを撮影させてもらった」

碓井の懐から、もう一枚の写真が出てきた。

写真に写っているのは、ほとんどが汚れた衣類だった。拾ってきたものも少なくないのだろう。とてもではないが、高齢の女性が好んで身につけるような雰囲気でないものも交じっている。

だがその中に、一つだけ異質なものがあった。

野球のバットだった。金属や木製ではない、プラスチックでできたおもちゃの赤いバット。護身用かと思ったが、これで殴られたところでたいした怪我《けが》も負わなそうだ。それでもないよりはマシかもしれないが。

「そのバット、よく見てみろよ」

碓井から言われ、バットを凝視する。

「なにか書いてありますね」

最初は全体にひびが入っているのかと思ったが、違った。バットの赤い表面に、ミミズが這《は》ったような跡が見える。それはマーカーで書かれた文字だった。幼児が書いたような拙《つたな》い、しかしこれは自分のものだという強い主張がうかがえる大きな字。

視界のピントをずらすうちにふいに拙い筆跡が一つの像を結び、簑島は思わず息を呑《の》んだ。

——勝利。

バットの表面には、そう書かれていたのだった。今回の事件で警察が行方を追っている被疑者・樺島の下の名前「勝利」と一致している。「必勝」や「一球入魂」などのスローガンかもしれないが、簑島にはもはやそれが人名としか思えなかった。

碓井が哀《あわ》れむような顔になる。

「樺島、たしか野球やってたよな」

「ええ。高校も強豪校だったみたいです」

「子どものころに使っていたバットじゃないかな。住むところを奪われた樺島民世は、息子と暮らした幸せな日々のせめてもの思い出として、このバットを持ち出した。そして後生、大事に持っていた」

樺島民世は認知症につけ込まれ、悪質な業者のカモにされた。その結果、すべてを失ってホームレスになった。

樺島の犯行は金目当ての場当たり的なものではない。周到に計画された復讐だった。

「悪さを働いて刑務所送りになり、老いた母親を一人残してしまったのは樺島自身なんだから、自業自得ともいえる。それでも今回のヤマ、調べれば調べるほど樺島に同情しちまうな。殺された本山は、樺島民世からすべてを奪った。人の生き死になんてわからないけど、ホームレスにさえならなければ、もう少し長生きできた可能性は高いんじゃないか。そういう意味では、本山は樺島民世を殺したも同然だ。それなのにお日様の下を、成功者の顔をして堂々と歩いている。法が裁かないのなら、自分の手で制裁を加えてやりたいと思うわな。すべてをなげうって、人生のすべてをかけてさ」

碓井の話を聞いていて、ある可能性に思い至った。

「樺島は自ら命を絶つつもりでしょうか」

「おれもそう思った」

こともなげな返事だった。

「樺島の犯行は計画的だ。だが完全犯罪を目指してはいない。あの拡散された動画だって、撮影者からスマホを取り上げてさえいれば、こんなに簡単に犯人の面が割れてしまうこともなかった。それなのにやつは、撮影者を威嚇しただけで逃亡した。刑務所に出たり入ったりを繰り返してるんだから、自分が逃げ切れるとも思っちゃいないだろう。いまごろ死に場所を探してるんじゃないか。死にきれるかどうかまでは知らないが」

「碓井さん、もしかして樺島民世が死んでるのも、最初から？」

「確信があったわけじゃないが」と、碓井は肩をすくめた。

「お勤めを終えて娑婆に戻ってみたら実家が人手に渡っていて、母親の居所もわからなくなっていた。もちろん、母親をハメたのは誰だっていう怒りも湧くが、普通はまず、母親はどこに消えたのかのほうが気になるだろう。復讐はその後だ。ところが樺島が、母親に救いの手を差し伸べたような形跡は見当たらない。ホームレスになった母親の所在をつかんだのであれば、葛飾区のワンルームで一緒に暮らしたっていいわけだしな。前科者がようやく借りられた部屋なんて狭っ苦しいだろうが、少なくとも雨風はしのげるわけだし、野宿させるよりは百倍マシだ。にもかかわらず、樺島は母親を救うよりも、母親の復讐を優先した。ようするに、母親の所在をつかんだものの、すでに救える状況ではなく、手遅れだったんだ。だからまず、ここ一年の間に亡くなった無縁仏で、樺島民世と同年代の女性を探した。そしたら当たりだった」

だからこんなにも早く、樺島民世を発見することができたのか。

そのとき、スマートフォンが振動した。工藤からの音声着信だ。応答ボタンを押して顔にあてると、興奮にうわずる声が聞こえてくる。

『もしもし、お疲れさまです』

「どうしました」

『実は吉原《よしわら》のソープを、樺島によく似た男が訪れていると通報がありました』

「本当ですか」

『ええ。さっき入店して、いま遊んでいる最中だそうです。一二〇分コースらしいので、あと一時間半近くは滞在する予定みたいです。逃亡犯が堂々とソープ遊びなんて考えにくいから微妙ですけど――』

工藤は情報の信憑性《しんぴょうせい》を疑っているような口ぶりだ。

「すぐに行きます。店の名前を教えてください」

電話を切って、財布から取り出した一万円札をカウンターに置いた。

「樺島らしき男の目撃情報です。ここはご馳走《ちそう》します」

「やつはどこにいた？」

「吉原のソープです」

「今生の思い出に有り金叩《はた》いて豪遊か」

碓井には納得の行動だったようだ。

「ここからならタクシーで四十分ぐらいですかね」

「まあ、そんなところだろう。やつにとっては最期の贅沢《ぜいたく》だ。くれぐれも途中で踏み込むなんて、野暮な真似《まね》はするなよ」

碓井はちゃっかり一万円札を懐にしまいながら言った。

雑居ビルを出て池袋駅のほうに向かっていると、運良くすぐにタクシーを拾うことができた。

「台東区千束《たいとうくせんぞく》に」

扉が閉まり、タクシーが走り始めた。

4

夜遅い時間とあって道路の流れもよく、目的地には四十分かからなかった。

店の前でそわそわと立っていた工藤が、タクシーの後部座席の簑島を認めて駆け寄ってくる。

「お疲れさまです」

「樺島は？」

「まだ中に」

そう言って工藤が振り返ったのは、風俗店というよりは高級マンションのような印象のエントランスだった。短いアプローチにはタイルが敷かれ、煉瓦《れんが》造りの玄関の上には、筆記体で書かれた店名の看板が掲げられている。出入り口のそばには、近隣の交番から駆けつけたらしき制服警官が二人、立っていた。

「まだ樺島かどうか、確認できてはいないんですよね」

「ええ。簑島さんがいらっしゃるまでに防犯カメラの映像を見せてもらいましたが、確信には至っていません。ただ受付のスタッフさんは、本人に間違いないと言っています」

観音開きの木製の扉を開いて店内に入る。

外観と同じく、風俗店のいかがわしいイメージとはほど遠い、豪華な内装だった。天井が高く広い空間は待合室として使用されているのだろうか、革のソファが並べられ、客らしき男たちがドリンクを飲んだり、新聞を広げたりしている。その中には、同僚の顔もあった。

待合室の客はフリードリンクらしい。正面のドリンクカウンターで、バーテンダーのような小綺麗な服装をした店員の男が、簑島たちに目礼する。

受付カウンターは左手にあった。こちらの店員も白シャツに黒いベストという服装だ。

工藤が迷いのない足取りで近づいていく。

「お疲れさまでございます」

まるで利用客に接するかのように丁寧なお辞儀をした男性店員の左胸につけられたネームプレートには『山本《やまもと》』という名前があった。

「こちらの山本さんが通報くださいました」

工藤に紹介され、山本は軽く目を閉じて頷いた。

簑島は警察手帳を提示して手短に自己紹介し、「ご協力感謝します」と礼を述べた。

「警察の方から写真をいただいていましたので」

山本がカウンターの中からA４の用紙を取り出した。警察が配布した、樺島の手配写真だった。事件の概要のほか、二枚の写真が掲載されている。一枚はＳＮＳで拡散された動画から、樺島のバストアップを切り取ったもの、もう一枚は、千葉県警から提供された逮捕時に撮影したものだった。

「こちらの紙には、逃亡時に髪を切ったりひげを生やしたりして変装している可能性もあると書かれていますが、このままでした。無精ひげが生えていたぐらいで、髪型服装、まったく同じです」

そう言って山本が示したのは、動画から切り取られたほうの写真だった。フードのついた黒いブルゾンを羽織った、坊主頭のいかつい男。

「間違いありませんか」

「ええ。間違いありません」

ここまで自信たっぷりなのだから、樺島本人の可能性は高い。

「防犯カメラの映像を、ご覧になりますか」

自信の根拠を示したいのか、山本のほうから申し出てきた。

「よろしくお願いします」

「では中にどうぞ」

カウンターの内部の、客からは見えない位置にディスプレイが設置されている。

簑島はカウンターに入り、山本の隣でしゃがみ込んだ。すでに映像が頭出しされた状態で一時停止されている。

開いた自動ドアをくぐって入店してくる男を右斜め上から捉えるアングルだ。男は黒いブルゾンを着用しており、この時点ですでに、拡散された動画に映っていたのと同一人物だという印象を受ける。

動画の再生が始まると、その印象はより強くなった。黒いブルゾンの男は周囲の視線が気になるのか、やや伏し目がちに歩いてカウンターに向かう。あまりこういう店には慣れていない印象だった。

「この男は名乗りましたか」

ディスプレイから山本に視線を移した。

「事前に予約があればお名前をうかがいますが、このお客様は飛び込みでいらっしゃいましたので」

「そもそもこういうお店では、本名を名乗ったりしませんよね」

工藤がカウンターの外から言う。

「お客様の名乗られた名前が本名かどうか、私たちが確認することはありません。ですから偽名を名乗ることは可能です」

プロ意識の高い回答だが、ようするに本名を名乗る客はほとんどいないらしい。

「うちはご予約なしだとご案内できない場合がありますので、飛び込みのお客様はほとんどいらっしゃいません。今回はナンバー3のスズランさんがたまたま空いていたので、ご案内できました。最初からどこかで見たような顔だと思ったんです。うちは著名人の方にもご贔屓《ひいき》いただいているので、もしかしたらテレビで見て記憶に残っているのかもしれないと考えました。まさかここで見た顔だったとは……」

山本がカウンターの客から見えない位置に貼《は》った手配写真に目をやる。最初は恐怖心もあっただろうが、待合室が刑事だらけになったいまでは、興奮のほうが勝っているようだった。

「プレイ終了まで、あと二十分ほどですね。どうしましょう」

腕時計で時刻を確認し、工藤が訊いた。

防犯カメラの映像を見る限り、入店したのは樺島でほぼ間違いない。だが一〇〇%の確証がない状況で踏み込むわけにはいかない。

問題は、どの段階で身柄を確保するかだ。

山本の説明によれば、プレイ終了後には女性が客の男と腕を組んで出入り口まで歩き、店の外まで出て見送ることになっているという。女性の安全を考えるなら、樺島が店を出て一人になったタイミングで声をかけるべきだろう。

二人の捜査員を待合室に残し、残りは店外で樺島が出てくるのを待つことにした。

「人から奪った金で風俗遊びだなんて、人間のクズだな」

捜査員の一人が口にする。当初の印象では、簑島も同じだった。だが見えている景色がすべてとは限らない。樺島は逃亡中の身にもかかわらず、吉原のソープにやってきた。防犯カメラに捉えられた挙動不審な様子からも、けっして日ごろからこういう遊びをしているわけではなさそうだ。

樺島の母親は当時悪徳リフォーム会社の営業マンだった本山につけこまれ、不要なリフォーム工事を何度も行った。その結果、資産が底を尽き破産、ホームレスに身をやつした挙げ句、誰にも看取《みと》られずに寂しい一生を終えた。そのことを知った樺島は、自らの行いを初めて心から悔いたかもしれない。本山の所在を突き止め、暴行を加えて殺害した。現場から逃亡はしたものの、警察の捜査網から逃げ切れるとは考えていない。碓井が言った通り、「死に場所」を求めているのかもしれない。だからこそ今生の思い出に、遊び慣れていない高級ソープ店を訪れたのだ。

だとすれば、身柄の確保には細心の注意を払う必要がある。なにしろ相手は死を覚悟している。

「そろそろですね」

工藤が時刻を確認し、扉のほうに目を向ける。なにかの植物の蔓《つる》のような彫刻が施された高級感あふれるその扉が、内側から開かれる瞬間を待った。

と、そのときだった。

「ざけんなっ!」

扉の奥から怒声とともに、なにか硬いもの同士がぶつかり合うような物音がした。

簑島は工藤と互いの顔を見合わせた後で、扉を開いて店内に飛び込んだ。

まず目に飛び込んできたのは、同僚たちの背中だった。それぞれパーカーとカジュアルジャケットを羽織り、一般客を装った二人の同僚が、狼狽《うろた》えた様子で待合室の奥を見ている。その視線の先では、男が女を羽交い締めにしていた。男の手には刃物が握られており、その切っ先は女の首筋に突きつけられている。女はレース生地の白いワンピースを着ていて、男のほうは、黒いブルゾンを羽織っていた。

しまったという思いと、やっぱりという思いが交錯する。同僚たちのほとんどは、樺島樺島は欲望に駆られて強盗殺人を働き、逃亡中の身にもかかわらず風俗遊びをする思慮の浅い愚かな犯罪者だと舐《な》めてかかっている。警察手帳を見せれば観念するだろうと甘く考えていたら痛い目を見るだろうという予感が、どこかにあった。

「落ち着け！　樺島！」

「もう逃げられないぞ！」

二人の捜査員の言葉は無意味だと、簑島は思った。樺島は逃げたいのではない、死にたいのだ。

「うるせえ！　おまえら近づくんじゃねえ！　この女殺すぞ！」

「よせ！」

バタバタと慌ただしいのは周囲だけで、当の刃物を突きつけられた女はなにが起こったのか理解できないようだ。大きく目を見開いた表情のまま、蠟人形《ろうにんぎょう》のように固まっている。

樺島がこちらを向いたまま後ずさる。そこにはプレイルームに続くと思われる廊下があった。奥から出てこようとした男女が、混乱した様子で立ち止まる。

「命が惜しかったら奥行ってろ！」

樺島が振り返りながら怒鳴りつけると、男女はそそくさと引き返した。

「なにやってんだ!」

樺島が激昂《げきこう》したのは、捜査員の一人が飛びかかろうとしているのに気づいたからだ。

「本気で殺すぞ!」

刃物の先端が、女の首筋にめり込む。白い肌に赤い筋が滑り降りた。そこでようやく状況を把握したのか、女のまぶたから涙があふれ出す。

「わかった。その女性に危害を加えるな」

飛びかかろうとした捜査員が両手を見せて降参の意を示す。

その捜査員の肩に手を置き、簑島は前に歩み出た。

「なんだきさま! 聞こえてねえのか! マジで刺すぞ!」

「その人を刺したら、おまえは罪のない人を殺して金銭を奪っただけの、自分勝手な強盗殺人犯になる」

樺島の息を呑む気配がした。

「刑務所に出たり入ったりを繰り返す札付きのワルが、ついに人殺しにまで手を染めた。なんの罪もない、善良な市民の生命を、自分の一時の欲望のために奪った。世間からはそう見られている。そのままでいいのか」

言いよどむ間があって、樺島が口を尖《とが》らせる。

「かまわねえよ。他人からどう見えたって関係ねえ」

「どのみち、散々親不孝を働いた挙げ句、ホームレスになった母親を救うことができなかった過去は変わらない、か」

なぜそのことを知っている、という表情が返ってきた。

「おまえは金目当てに被害者を襲ったんじゃない。悪質なセールスを続けて母親からすべてを奪った相手に、復讐したんだ。それがホームレスに身をやつし、段ボールハウスで一人寂しくなくなった母親への、せめてものはなむけのつもりだったんだろう」

「どうでもいい」

「よくはない」と、簑島は力強く言った。

「よくはないんだ。これまでの生き方を後悔しているのなら、生きて償え。おまえが復讐したように、おまえに恨みを持つ人たちに、復讐の機会を与えてやれ。生きるんだ。それがおふくろさんの望みだ。おまえを育ててくれた母親への、最大の恩返しだ」

「んなわけねえだろ。おふくろはボケちまってなんもわかんなくなってたんだ。おふくろと仲良くしてたっていうホームレスに話を聞いたよ。タミちゃんはいつもニコニコして楽しそうだった。見た目はおばあちゃんだったけど、中身は夢見る少女だったたって。ガキに戻って、なーんもわからなくなって死んだんだ。おれのことだって全部忘れちまってたんだ」

「それは違う。民世さんを支援していたNPO法人の代表から見せてもらった彼女の遺品の中に、プラスチック製の野球のバットがあった。おまえの名前が書いてある、赤いバットだ。おそらく、おまえ自身で名前を書いたはずだが、覚えているか」

最初ピンときていない様子だったが、やがて樺島が大きく目を見開く。

「民世さんは、そのバットを後生大事に持っていた。差し押さえられて着の身着のままで家を出なければならない状況なのに、あのバットを、息子の思い出を持ち出した。そして死ぬまで段ボールハウスで大事にしていた」

樺島は言葉を失った様子で立ち尽くしている。

「嘘だ」

「口から出任せなら野球のバットなんて単語は出てこない。おまえには心当たりがあるんだろう? プラスチック製の赤いバットで、グリップは黒い。そして赤いバットの表面には、マーカーでおまえの名前が書かれている。ミミズの這ったような読みにくい、下手くそな字だ」

あと一息だ。簑島はたたみかける。

「人生の大切な記憶が失われていく中で、民世さんはおまえのことを覚えておきたかったんだ。不肖の息子どころじゃないワルに育ってしまっても、いや、だからこそ、かもしれない。ずっとおまえの行く末を案じていた。だから本当は、復讐すらも望んでいなかったはずだ。恨みを晴らすより、刑務所に戻ることのないまっとうな人生を歩んでくれたほうが、よほど親孝行になったろう。だがやってしまったことは取り消せない。民世さんは──おふくろさんは、それでもおまえの幸せを願っているはずだ。だから死ぬな。罪を償って、今度こそ立ち直ってみせるんだ」

話の途中から聞こえていた洟《はな》を啜《すす》る音は、樺島のものだった。樺島は泣いていた。刃物を持ったほうの腕で女を拘束したまま、もう片方の手で目もとをしきりに拭《ぬぐ》っている。

先ほど飛びかかろうとした捜査員がふたたび機会をうかがうそぶりを見せたので、やめろと目顔で伝え、簑島は逃亡犯に視線を戻した。

「その女性を放すんだ。彼女を傷つける理由はないだろう」

樺島が激しくしゃくり上げる。

「もう……もう、遅い」

「遅くはない。じゅうぶんにやり直せる」

「でももう、おふくろはいない」

「だからこそ、自分の力で更生してみせろ。おふくろさんが安心して眠っていられるような人間になるんだ」

「もう遅い……」

「遅くはない」

「遅い」

「まずはその女性を解放しろ」

ふいに、女がつんのめるようにこちらに向かってきた。樺島から突き飛ばされたのだ。

「やめろっ」

簑島は前進して女を受け止めながら、地面を蹴って樺島に飛びかかった。

樺島が両手で刃物の柄を握り、自分の首に切っ先を向けたのが見えたからだった。刃物の先端が樺島の首の皮膚に触れたそのとき、簑島の手が樺島の手首をつかんだ。引き下ろした樺島の手に膝蹴《ひざげ》りを食らわせると、床に落ちた刃物が甲高い音を立てる。ほかの捜査員たちも飛びかかってきて、全員で折り重なるように樺島を制圧した。うつ伏せにされて後ろ手に手錠をかけられながら、樺島はおいおいと声を上げて泣いていた。

5

「いらっしゃいませ」

マスターの挨拶《あいさつ》に反応して、カウンターに向かっていた碓井がこちらを振り返った。

「よう。お疲れ」

「もう来ていたんですか」

待ち合わせ時刻まで、まだ五分ほどあった。

簑島は碓井の隣のスツールに腰かけ、「生一つ」と人差し指を立てる。

「ビール飲むのかよ」

「自分だって飲んでるじゃないですか」

碓井の左手には残りわずかになったビールのグラスが握られている。

「おれはいつでもどこでもビール党なんだ。でもあんたは違うだろう。この前だって、なんかしゃれたカクテル飲んでたじゃないか」

「ただのジントニックです」

「まあ、いいけど」

おれもビールおかわり、と、碓井がジョッキをマスターに差し出した。

それぞれの前にビールのグラスが並ぶ。

「そいじゃ、今日はなににする」

「無理に乾杯の口実を探さなくていいですよ」

「事件解決を祝して、か」

グラスを合わせた。きん、と思いのほか高い音が響き渡った。

喉を潤した後で、簑島は言った。

「今回はありがとうございました」

「おれがなにかしたわけじゃない。やつに気づいて通報したのはソープの店長で、やつをとっ捕まえたのはあんたたち警察だ」

碓井はそう言って手をひらひらとさせているが、樺島の犯行動機と母親の不幸な死に様を知らなければ、風俗店を訪れた行動を浅慮と決めつけたかもしれない。樺島の自殺をすんでのところで防げたのは、碓井のくれた情報のおかげだ。

あ、でも、と碓井がこちらを見る。

「たいして貢献できなかったかもしれないが、記事は書かせてもらうからな。もともとそういう約束だ」

「かまいません。ただし、おれからの情報とわからないようにしてください」

「当たり前だ。情報源の秘匿は事件取材の基本中の基本だ」

碓井は鼻を鳴らし、グラスをかたむけて中身を飲み干した。マスターにおかわりを注文し、言う。

「取材の続き、させてもらってもいいか」

「すべての質問にお答えできるか、保証はできませんが」

そうは言ったものの、協力してもらった恩があるし、なにより事件の本当の動機を世に知らしめたいという思いを、簑島自身が抱いていた。話せる限り、話すつもりだ。

碓井がおかわりのビールグラスに口をつける。

「報道によれば、樺島は素直に取り調べに応じているようだが」

「ええ。非常に協力的です」

「出所して初めて、母親のことを知ったんだよな」

「そうです。服役当初は母親が面会に訪れていたようですが、ある時期からぱったり来なくなった。樺島はついに愛想を尽かされたと思っていたようですが」

「認知症の症状が出始めていた」

簑島は頷いた。

「樺島が満期まで服役することになったのも、身元引受人になるはずの母親と連絡が取れなくなったのが原因でした」

「仮出所にもならなかったわけだ。それでも樺島みたいな甘ったれは、反省するわけでもなく、なんで自分を見捨てたんだって憤ったろうな」

「内心まではわかりませんけど」

「おれもそうだが、あんただってそういう連中とはうんざりするほど接してきたじゃないか。そういうやつは……」

話が逸《そ》れかけているのに気づいたらしく、「まあ、いいや」と碓井が唇を曲げる。

「とにかく満期まで勤め上げて、一言文句いってやろうと実家を訪ねたら、そこには知らない人間の家が建っていた」

「ええ」

「樺島はどうやって本山の介在を知った」

「元実家のあった場所に家を建てた浜崎氏に聞いたところ、競売で手に入れた物件に悪質なリフォームが繰り返された形跡がありました。実は樺島自身、工務店で働いた経験があり、そういう業者の噂《うわさ》を聞いたことがあったそうです」

「だから結びついたのか。それなりに資産を持っていたはずの母親が不動産を手放すことになったのは、悪質業者にむしられたのが原因じゃないかと」

「そうです。そもそも刑務所に出たり入ったりするような人間だった樺島には、きな臭い人脈もあった。元実家の近辺で営業をかけていた悪質リフォーム業者を調べたところ、本山の会社に行き当たった」

碓井がビールを口に含み、苦そうに顔を歪める。

「母親のほうは？　どうやって探した」

「たまたまだそうです」

「たまたま？　そんなことがありえるのか」

「正確には、完全な偶然とも言えないのですが」

「どういうことだ」

「樺島は子どものころ、よく上野動物園に連れてきてもらっていたそうです」

碓井がいたましげに目を伏せる。

「そういうことか。樺島にとっても母親にとっても、上野は幸福な時代の象徴で、思い入れの深い土地だった。だから家を失った樺島民世は上野に向かい、母を探す息子も、上野に足を向けた」

「ええ。ですが樺島が母の所在を突き止めるのは、一足遅かった。樺島民世と親しくしていたホームレス仲間によれば、樺島民世が亡くなって一週間後に、樺島民世の写真を手にした男が、この女を知らないかと聞き込みにやってきたそうです」

「無念だな。ビールじゃなくて焼酎《しょうちゅう》がほしくなってきたぜ」

冗談めかしているが、碓井は心から樺島に同情しているようだった。

「で、本山への復讐を決意したってわけか」

しんみりと湿った空気が流れる。

「まあ、でも」と碓井が口を開いた。

「その話だけを聞けばどうしても樺島に同情してしまうが、忘れちゃいけないのは、そもそも樺島は札付きのワルで、てめえが悪さを働いたせいで老いた母親を一人にしてしまった……ってことだよな。自業自得とまでは言わないが、刑務所に入るような悪さを繰り返していたってことは、樺島に傷つけられたり、人生を狂わされたりした人間だって、それなりに存在する。今回の事件の裏側を知っても、ざまあみろって思う人間は、少なくないだろう」

「その通りです。被害者の本山だって、あくどい商売をしていたツケだと、溜飲《りゅういん》を下げる人はいるでしょう」

「つくづく多面体だよな、人間ってのは。どこから見ても綺麗な曲面を保っている人間はいない」

「今日は語りますね」

遠回しに明石のことを言っているのかもしれないと、簑島は思った。有罪判決を受けた四人の女性にたいする殺人について、明石は一貫して冤罪を主張している。当初は疑っていた簑島も、調査に協力するうち、そして明石陽一郎という人間と接するうちに、彼の主張は本当かもしれないと考えるようになった。明石はシロ。純白かもしれないと。

だが明石は、一人の男を殺《あや》めていた。明石の説明通りであれば罪名は傷害致死になるのだろうが、そこは問題ではない。重要なのは、明石が一人の人間の生命を奪っていたこと、そしてその事実を隠していたことだ。

本当に一人しか殺していないのか。

明石は死刑囚だ。かりに一人殺していたとしても、連続殺人について冤罪であれば刑が重すぎる。だから連続殺人の無実を証明する必要が出てくるし、そこに意味も見出《みいだ》せる。

だが実は、ほかにも殺人を犯していたら？

ありえない話ではない。一人は確実に殺していたのに、明石はそのことを黙っていた。重度のアルコール中毒だった上に殺人の強いショックで記憶を失っていたというのが本人の言い分だが、そうであればほかにも人を殺していて、その記憶を封じ込めている可能性はないのか。

二人以上を殺したのであれば、その背景や経緯は考慮されるかもしれないが、通常は死刑が妥当と判断される。だったら逮捕された事件が間違っているだけで、量刑は変わらない。わざわざ連続殺人の無実を証明する意味などない。

どのみち死刑になるんだから――。

残酷な考え方だ。人は自らの犯した罪についてのみ裁かれるべきだなどと綺麗事を謳《うた》いながら、いっぽうで量刑が同じならそのまま死刑になってしまえばいいと無責任で乱暴な結論を導き出す。簑島は自分の中にある両極端な価値観を持て余していた。自分がどうすべきなのかどころか、どうしたいのかすらわからない。

——何人殺したかなんて、本当は意味がないんだ。

鼓膜の奥に伊武の囁《ささや》きが聞こえていた。

——一人までならセーフ、二人以上なら死刑なんて、どう考えてもおかしい。

意識しないように心がけても、心に直接語りかけてくるので無視するのが難しい。

——真面目で堅物な簑島くんは、なんでも法に照らして考えちまうからおかしなことになるんだ。法律ってのは人間が作ったものだ。完璧《かんぺき》な人間がいないように、完璧な法律なんて存在しない。なんで一と二の間で線引きする？　おかしいだろ。だってよ、普通に考えたら、もっともハードルが高いのは〇から一だ。線を引くならそこだろうよ。

思わず声に出して反論しそうになり、ぐっと言葉を飲み込んだ。

調子づいたように、伊武の弁舌が滑らかになり、その音量も増してくる。

——おれに言わせりゃ、一人殺した人間は、その時点で人間やめてるんだ。激しい自己嫌悪と後悔にさいなまれるかもしれないが、ワクチンの副反応みたいなもんで、時間とともに収まってくる。そして最終的には、強い免疫を獲得してしまうんだ。経験者は語るってやつさ。実際に人を殺した人間の言葉だけあって、重みが違うだろう？　一人殺しちまったら、あとはもう一緒さ。二人殺しても、三人殺しても平気になる。回数を重ねるうちに麻痺して、蚊でも叩《たた》き潰《つぶ》すような感覚になっちまう。一人でも殺しちまったら、もうまともな人間に戻る道はない。だからな、一人でも殺したら死刑、それがいちばんわかりやすくて明快な正義だ。

黙っていてくれ。懸命に念じてみるが、簑島の願い通りにはならない。むしろ伊武の実在感は次第に増してきて、すぐ隣で話しているような感覚に陥る。

――だからもう、明石のことは放《ほう》っておけ。一人殺している時点で、やつはもう人じゃない。やつに殺されたサラリーマンだって、デリヘル嬢につきまとうクズだったかもしれないが、そのクズにも家族がいて、息子や、夫や、父や、きょうだいの死を悲しんでいるかもしれない。ある日突然、大事な存在を奪われる人間の喪失感なら、おまえがいちばんよくわかっているはずだろう。殺人鬼に恋人を殺された、おまえなら。

肩に手が触れる感覚に、簑島は弾《はじ》かれたように振り向いた。

碓井が目を丸くしてこちらを見ている。

「どうした。ぼうっとして」

「なんでもないです。すみません」

「退屈な話をして悪かったな」

「いいえ。そういうわけでは」

「いいんだいいんだ。行きつけのスナックでもホステスの姉ちゃんに言われるんだ、おれの話は長すぎて寝ちゃう……って」

その様子があまりにも容易に想像できて、簑島はふっと笑みを漏らした。

「簑島さんよ」

「はい」

「あんた、ちょっと痩《や》せたんじゃないか」

ぎくりとした。

「そうでしょうか。体重を計っていないのでわかりませんけど」

「顔色も、あまりよくはないようだが」

「照明が暗いからでしょう」

体重計に乗る習慣がないのは事実だが、おそらく碓井の指摘通りになっている。毎朝鏡で自分と向き合うたびに、生命力が衰えている印象を受けた。

碓井はしばらく簑島を見つめた後で、自らを納得させるように頷いた。

「激務なのはわかるけど、くれぐれも身体《からだ》には気をつけるんだな」

「お互いに、ですね」

「おれは平気だ。目覚まし時計すら使わない自由業だし、サウナで整えてるし。だからほら、この健康的な顔色を見ろよ」

自分の顎に手をあててキメ顔を作った後で、碓井がカウンターに一万円札を置いた。

「今日はおれが持つ」

「いいんですか」

「取材の謝礼だ。それにおれは借りを作るのが嫌いなんだ。だから明石のためにも動いてる」

碓井はスツールからおりると、じゃあなと手を振り、店を出て行った。

第二章

1

明石陽一郎は東京拘置所の独房で、窓越しの月光が天井に映し出す四角い模様を見つめていた。

どこかの房から盛大ないびきが響き続けている。見回りの刑務官の足音が遠くに聞こえる。そこにうっすらと救急車のサイレンが重なった。

死刑は予告なしにある日突然、執行される。これが最後の夜かもしれない。明日の朝には、今日がおまえにとって人生最後の一日になると宣告されるかもしれない。そんな状況で熟睡できる人間などいない。ならば最後になるかもしれない景色を、匂《にお》いを、音を、感覚を存分に堪能《たんのう》しておこうと考えるようになった。

眠れないのはいつものことだ。だが最近は、以前にも増して意識が薄れるまでに時間がかかる。ほぼ一睡もしないまま朝を迎える日も珍しくない。

あの記憶がよみがえったせいだ。

西田貴弘を殺した記憶が。

明石に殺意はなかったし、もっと言えばあの後、西田が死んだことすら知らなかった。

明石が先に知ったのは、スカウトマンとして自ら風俗業界に引き入れた西田結の死だった。あの日、明石は例のごとくアルコールで濁った意識の中で、結が他殺体で発見されたというニュースを聞いた。急激に血圧が下がり、いっきに酔いの覚める感覚があった。同一犯と思われる三件目の犯行というだけではない。三人全員が、明石がスカウトし、風俗業界に引き入れた女だった。偶然とは思えない。

頭をよぎったのは西田貴弘の顔だった。西田結を指名していた元常連客のストーカーで、明石は前日に彼の職場を訪れ、警告を与えていた。もっとも、話し合いは穏便に運ばなかった。逆上した西田貴弘が殴りかかってきた。

腕をとって一本背負いの要領で投げ飛ばしたのは、ほぼ無意識の反射だった。もともと腕っぷしには自信があり、警察官時代にも柔道の教官を負かすほどの腕前だった。風俗のスカウトマンになってからも、酔っ払いやストーカーなど狼藉《ろうぜき》を働く相手をたびたび制圧してきた。

頭を抱えて悶絶《もんぜつ》する西田に捨て台詞《ぜりふ》を吐き、明石はその場を後にしたのだった。受け身すらとれない素人に手心を加えなかったのは、アルコールのせいか、あるいは、自分の心がささくれてしまったせいなのか。冷静になって考えてみれば、その後の顚末《てんまつ》はじゅうぶんに予想できた。

西田結の死亡推定時刻は、明石が西田貴弘と面会しているのとほぼ同時刻だった。西田貴弘と面会した公園のある品川から、西田結の殺害現場となったラブホテルのある蒲田《かまた》までは、JR京浜東北線でわずか十分。駅からの徒歩を含めても、二十分ほどで到着できる。タクシー移動でも所要時間はほぼ同じ。

西田貴弘が腹いせに西田結を殺したのかもしれない。

明石はふたたび西田貴弘に接触すべく、品川に向かった。

そのとき初めて、西田貴弘の死を知ったのだった。若い、口の軽そうな女性社員に声をかけて聞き出したところ、西田貴弘は会社から帰宅する途中で倒れ、救急搬送《はんそう》されたものの、そのまま帰らぬ人になったという。死因は急性硬膜下血腫《こうまくかけっしゅ》。強い頭部外傷で起こることが多く、受傷直後にはなんともないように見えても、時間の経過とともに発症し、その後急激に悪化するケースもある。どう考えても、明石に投げ飛ばされたのが原因だ。

だが医師も警察も、真相を見抜くことはできない。妻子があり、会社では営業二課長の地位にあった西田は、風俗嬢への付きまといを周囲に隠している。明石は事前連絡なしに西田の職場を訪ねたし、明石の用件を知った西田は、同僚に見とがめられないようにするため、すぐに明石をひと気のない公園に誘導した。当日、明石が西田貴弘と接触したことを知る人間はいない。

罪の意識がないわけではない。だが事件性を疑われてすらいないのに、あえて蒸し返す必要があるだろうか。ましてや相手は、風俗嬢につきまとっていたストーカー。

結局、明石は加害者として名乗り出なかった。

どのみちクズ。妻子にとっても、ストーカー男の本性を知らないままのほうが幸せ。事件性を疑わなかった警察の無能さが原因。

思いつく限りの言い訳をひねり出し、自身を正当化しようとした。しかしできなかった。自分が殺した。日常生活に戻ろうと努力しても、ふとした瞬間、現実が透かし文字のように浮かび上がってくるのだった。もう戻れないのだと悟った。自身の罪から目を背けるために余計に酒量が増え、素面《しらふ》でいられる時間はほとんどなくなっていった。

あのときの言動が、自分を正当化するために絞り出した苦し紛れの言い訳が、いま自分に返ってきている。すべては因果応報。これは報いなのかもしれない。そういった自罰的、自虐的な感情は、以前からぼんやりと抱えていた。連続殺人については濡《ぬ》れ衣《ぎぬ》だが、けっして褒められた人生を歩んできたわけではない。多くの人間を傷つけ、人生を狂わせてきた。

西田貴弘の記憶がよみがえってからは、とくにその思いが強くなった。事件当時の記憶がはっきりせず、検察側の証拠に抗弁することができなかったために、死刑判決を確定させてしまった。その原因は酒だとばかり思っていたが、違うのかもしれない。思い出したくない忌まわしい記憶に、無意識に蓋《ふた》をしていたのだ。西田貴弘にまつわる記憶については、間違いなくそうだった。

だとしたらほかにもあるのではないか。思い出せないのではなく、思い出したくない記憶が。

これまで懸命に思い出そうとしてきた。記憶が鮮明になれば、無実を証明できると信じてきた。だが記憶がよみがえったことにより、別の罪が浮かび上がった。それは無実でも冤罪《えんざい》でもない、紛れもなく自分が犯した罪だった。

記憶を掘り起こすのが怖くなった。連続殺人は無実だとしても、どのみち死刑に値する罪を犯した人間だったのかもしれない。自分を知るのが怖い。だがこのまま手をこまねいていれば、いずれ刑は執行される。自分と向き合い続けるしかない。自らを見つめ続けるしかない。

空が白み始め、朝の気配がする。

すべてを諦《あきら》めてしまえば、あと何回、この瞬間を迎えられるだろうかと、明石は思った。

2

「でも、元気そうでよかった」

女はソーサーからカップを持ち上げ、アールグレイティーを啜《すす》った。長い黒髪に身体《からだ》にぴったり貼《は》りつくようなニット。デニム地に包まれた長い脚を組むしぐさも優雅で、簑島は動物園のフラミンゴを思い出した。

「仁美さんもお元気そうで」

女がぴくり、と片眉《かたまゆ》を持ち上げる。

「なんか、よそよそしくない？」

「そうでしょうか」

「だって私たち」

意味深な流し目を向けられた。

簑島もときおり、彼女の柔らかい唇の感触を思い出す。ややぬるりとした、リップグロスの肌触りまで。

だからこそ、意識的に遠ざけていた。

なにしろ彼女の名前は明石仁美——死刑囚・明石陽一郎の戸籍上の妻だ。

「どういったご用件ですか」

あえて突き放した言い方をすると、仁美は不服そうに唇を曲げた。

二人は有楽町《ゆうらくちょう》のカフェで、テーブルを挟んで向き合っていた。突然訪ねてきた仁美を庁舎で応接するわけにもいかず、タクシーでここまで連れてきたのだ。

「聞いた。碓井と会ったんでしょう」

「ええ。捜査に協力してもらいました。碓井さんから聞いたんですか」

だとしたら意外だ。碓井は仁美を嫌い、警戒している。いまでは簑島も、その気持ちがよくわかる。

「まさか。あの男、私の顔を見るとそそくさと帰り支度を始めるし、あの部屋、誰《だれ》の名義だと思ってるのかしら。だから、朗くんの話は望月くんから聞いた」

夫の無実を証明するため、仁美は渋谷区道玄坂にマンションを借りている。簑島が一生かかっても手が届かないような、超高級物件だ。そこには協力者たちが自由に出入りし、事件の資料を閲覧したり、作戦会議をしたりする活動拠点になっていた。

「そうでしたか」

「望月くん、朗くんに会いたがってたわよ。碓井さんだけ簑島の旦那《だんな》に会えるなんてずるい……って。私も会っちゃったけど、後で望月くんに自慢しちゃおっと」

「用件をうかがいましょうか」

簑島の事務的な口調に、仁美はつまらなそうに息を吐いた。

「坂倉明日香《さかくらあすか》っていう女がいるの。四十七歳で、足立《あだち》区の『らいむらいと』っていうスナックに勤めてるホステス」

聞いたことのない名前だ。

話がどう転がるのか見えずに、簑島は眉をひそめる。

「その女が、人を殺した」

意外すぎて、反応するまでに時間がかかった。

「どういうことですか」

「言葉通りよ。人を殺しているの」

簑島は自分を鎮めようと、カップを持ち上げてコーヒーを口に含んだ。

「保険金殺人。息子に多額の保険金をかけて、交通事故に見せかけて殺した。警察は事故と判断したし、保険会社の調査でも、事件性なしという結論が出ると思う。でも間違いなく殺している」

「なぜそれを……？」

「寂《さび》れたスナック勤めの賞味期限切れのホステスが、十八歳になったばかりの息子に多額の保険をかけるなんて、どう考えても不自然じゃないの」

聞きたいのはそういうことではない。なぜこの事件——警察によれば事故と判断したようだが——に着目したのかが知りたいのだ。

簑島にとって最大の違和感は、事件の概要ではなく、仁美がこの事件に関心を寄せた事実そのものだった。

「仁美さん、もしかして事件の関係者を個人的にご存じですか」

「どうしてそんなことを訊《き》くの？」

「らしくないからです」

「私みたいな冷血女が、義憤に燃えて殺人を告発するなんて不自然だって？」

「はっきり言って、そうです」

彼女には正義感がない。

「まだ根に持ってるの」

「根に持っているのではなく、もうあなたを信じられないだけです」

「ごめんなさい」

「謝らなくていいです。なにを言われても、あなたを心から信じることはありませんので」

「酷《ひど》い」

不満げに唇をすぼめられた。たしかに容姿はすぐれているし、男を幻惑する色香にあふれている。だがいまはなにも感じない。彼女に惑わされた自分に腹が立つ。

明石と獄中結婚した仁美には、資産家との結婚離婚を繰り返すことで莫大《ばくだい》な財産を手に入れてきた過去がある。協力者のアジトとして高級マンションを提供するなどの資金提供は、彼女にとって退屈しのぎに過ぎない。決定的だったのは、人を雇って簑島の捜査を攪《かく》乱《らん》したことだ。明石が獄中から予言した無差別殺人の犯行計画を止めようとしたところ、仁美に邪魔をされた。危うく大勢の生命が失われるところだった。そのことで仁美を追及したが、彼女にはまったく悪びれる様子がなかった。

仁美にとって、人の生き死には娯楽でしかない。夫である明石のことも、本気で救おうとは考えていない。

そんな女が、なぜ明らかになっていない殺人を告発するのか。告発の内容以前に、簑島にとってその点が大いなる疑問だった。

「嫌いなの。その女が」

「息子を殺したというホステスが、ですか」

仁美は頷《うなず》いた。やはり知り合いらしい。

「どういったご関係ですか」

簑島の質問に、仁美はかすかに眉根を寄せた。

「答えなきゃダメ？」

いたずらっぽい上目遣いから目を背けそうになるが、懸命に自らを叱咤《しった》して視線を合わせ続けた。

やがて仁美が眉を持ち上げる。

「母親。あくまで生物学上の、だけど」

思いがけない告白だった。

「お母さん、ですか」

「もっとも、朗くんに説明するために便宜上その単語を用いているだけで、私はそう思っていないし、認めていない。これからの人生で、認めることもない」

話を終わらせたい雰囲気が伝わってきたが、本当に調べるのであればここで打ち切るわけにはいかない。

「ということは、殺された息子というのは……」

「弟。亮祐《りょうすけ》っていうんだけど、こっちは紛れもない家族だと思っている。もっとも、半分しか血はつながっていないけど。父親が違うの」

仁美は坂倉明日香が十七歳のときの子どもだというから、異父弟の亮祐とは一回りほど年齢差があることになる。

「あの女は――母親と思っていないからこう呼ばせてもらうけど――恋愛依存体質で、いつまで経《た》っても母親にはなれない人だった。スナックの客とくっついては捨てられを繰り返していて、男ができると、家に帰ってこなくなるの。タンスに一万円だけ入れて、これでなにか好きなものを食べなさい……って。でもそれが何日ぶんなのかわからない。二、三日で帰ってくることもあれば、二週間も出かけっぱなしということも、普通にあった。そんな調子だと、怖くてお金も使えないじゃない。そのお金でいつまでしのげばいいのかわからないんだから」

なんとか食いつなぐ、生きていくのに精一杯の子ども時代だったらしい。新しい服もめったに買ってもらえず、給食費なども滞納してしまい、クラスメイトからいじめの標的にもされたという。

「ずっと大人になりたいと思っていた。愛されてもいない親からの一万円を頼りにしないと、生きることすらままならないのが嫌だったから。早く大人になって家を出たかった。だから中学を卒業して、すぐに家を出ようとした。それなのに、あの女、なんて言ったと思う？　高校ぐらい出てくれないと、きちんと育てていないと思われる……だって。きちんと育ててなんていないんだから当然じゃない。やるべきことやってないくせに、自分が世間からどう見えるかをやたらと気にするんだよね、ああいう女は。だからしかたなく高校まで同居して――同居っていっても、男ができるたびに家に寄りつかなくなるから、実質別居みたいなものだったけど――卒業と同時に家を出たの。こっちとしては完全に縁を切るつもりでいたけど、どういうつもりか、向こうが連絡してくるのよ。ちゃんとご飯を食べられているかとか、いい人は見つかったのかとか。笑えるでしょう？　あんたと暮らしているときのほうがまともにご飯を食べられなかったのに、どの面下げてそんなことが言えるんだって。あの人にとっては、ぜんぶ『ごっこ』なんだと思う。『一人暮らしの娘を気にかけるお母さんごっこ』。ずっとふわふわとした『ごっこ』遊びの延長にあって、生活の実感を伴ったことはないの」

「亮祐くんとは、一緒に暮らしていたんですか」

仁美が姉として弟の面倒を見ているところは、イメージしづらい。

「亮祐が生まれたのは、私が中学に入ったころだった。ミルクあげたりおむつ替えたり、お風呂《ふろ》に入れてあげたり。母親が頼りないから、ほとんど私がやった。生んでないだけで、私があの子のお母さんだったと思う、冗談抜きで」

だから、と声の調子を落とした。

「家を出るときにも、本当は連れていきたかった。私みたいなひもじい思いを、弟にはさせたくなかった。でも私は十八歳の子どもだった。自分の身を守るのに精一杯だった」

身を守る、という言葉に違和感を覚え、簑島は眉を歪《ゆが》めた。表情の変化に気づいたらしく、仁美が説明する。

「いつもはあの女が家を出るんだけど、私が高校に入ったころにあの女が付き合い始めた男は、うちに転がり込んできたの。ある日学校から帰ったら、当然のように家でタバコを吸っていた。当時住んでいたのは、二部屋しかない狭いアパートだったのに。その後はなんとなく想像がつくと思うけど」

男は仁美を交際相手の娘ではなく、欲望の対象として見るようになったということか。

「入浴中にお風呂の扉を開けようとしたり、私のクローゼットを開けて下着を物色したり、本当に怖かった。いまならナニを咥《くわ》えてあげるふりして、嚙《か》みちぎってやるんだけど、ほら、私にも純真な時期があったってこと」

冗談めかして話しているが、十代の少女にとって恐ろしい経験だったろう。一刻も早く逃げ出したいと考えるのも当然だ。

「だから当時の私にとって、命からがら逃げ出した、という感覚だった。亮祐を残していくのはしのびなかったけど、男が一緒に住んでいるからあの女も良妻賢母を演じようとしていたし、少なくとも、飢える心配はなかった。必ず迎えに行く。亮祐にはそう約束して、家を出た」

「最近も連絡を取り合っていたんですか」

「あの女に新しい男ができて、また家に寄りつかなくなったっていうから、仕送りしていた。高校を卒業したら一緒に住む約束をしていたの。もうすぐだったのに」

仁美が目を伏せる。

彼女の本物の感情があふれ出た瞬間を、初めて垣間見《かいまみ》た気がした。

3

「まさかおまえから連絡があるとは思わなかったよ」

運転席の江上《えがみ》は、目尻に皺《しわ》を寄せて人なつこい笑みを浮かべた。同期との久しぶりの再会を心から喜んでくれているようで、簑島は申し訳なくなる。何年も不義理を働いているくせに、都合のいいときだけ連絡してくるのか。立場が逆だったら、そう思ったかもしれない。


「忙しいところ悪いな」

「かまわないさ。同じ釜《かま》の飯を食った仲間、しかも捜査一課の刑事さまだ」

変わらないな、と思う。同時に、この男が足立東《あだちひがし》署の交通捜査課にいてくれて助かったと、幸運に感謝した。

江上の運転するセダンは、幹線道路を北に走っていた。現場はあと数百メートルも走れば埼玉《さいたま》県という場所らしい。高い建物が減り、だいぶ空が開けてきた。

「このあたりだ」

江上がハザードを焚《た》き、歩道に乗り上げるようにして停車する。

事故現場がどのあたりかは、説明を聞くまでもなかった。三十メートルほど前方の歩道に、花が手向けられている。車をおりて歩み寄ると、花束だけでなく、ジュースやスナック菓子もそなえられていた。

律儀に合掌する江上に倣って両手を合わせる。たっぷり十秒ほど被害者の冥福《めいふく》を祈り、江上が顔を上げた。

「まだ若かったのにな」

被害者と面識があるような口ぶりだが、もちろん違うだろう。

「大型トラックと接触したそうだが」

「そうだ。このへんは倉庫やら工場も多いから、大型車両の通行も多い。被害者もかわいそうだが、今回は正直、加害車両のドライバーのほうが気の毒だったな。法定速度は守っていたし、なんら落ち度はない。ドライブレコーダーの映像を見る限り、飛び出してきた歩行者を視認してすぐにブレーキを踏んでいる。なのに人を撥《は》ねて死なせてしまったんだ。事情聴取でもかなり参っているみたいだったな……だけど、あれは避けようがない。誰がドライバーでも、同じ結果になっていた」

「ドライブレコーダーの映像、見せてもらえるか」

「もちろんだ」

江上は手にしていたクリップファイルを開いた。書類だけかと思ったが、タブレット端末も挟まっていた。

江上がタブレット端末を操作し、ドライブレコーダーの映像を呼び出す。

「これだ」

簑島にタブレット端末を差し出しながら、画面をタップして映像を再生させた。

運転席から見た夜の道路だった。ロードサイドに建つ商業施設の照明も消えているので、かなり深い時間であることがわかる。事前に調べた情報によると、たしか事故発生は深夜二時ごろだったはずだ。

街灯が左右に流れ、青信号が近づいてきては、画面から消える。とくにスピードを出しているふうでもない。むしろこの時間、この交通量にしては慎重すぎるといってもいいのではないか。

「この近くでたまに取り締まりやってるから、ドライバーもわかってたんだろう」

江上が説明してくれる。

そのときだった。

左側の歩道から、さっと人影が飛び出してきた。

『あっ！』

てっきり消音にしていると思っていたので、タブレット端末からドライバーの叫びが聞こえて驚いた。

どん、となにかに衝突するような音とともに、画面が揺れる。

『嘘《うそ》だ嘘だ嘘だ嘘だ』

車を降りたドライバーが画面に現れる。倒れた被害者がそこにいるらしく、地面に向けて語りかけるようなしぐさの後、しゃがみ込んで画面から消えた。

江上が画面をタップし映像を止める。

「もう一度見るか」

「頼む」

江上の人差し指がスライダー上を移動し、ふたたび先ほどの場面から再生が始まった。二回目に見た印象も、最初と同じだった。まさしく突然の出来事だ。暗がりから飛び出してきた歩行者が、道路を横切るというより、トラックに向かって飛び込んできたように見える。ドライバーにとっては不運としか言いようがない。

「被害者は飲酒していたようだ。遺体からはかなり高い濃度のアルコールが検出された。ほぼ泥酔に近い状態だったろうから、痛みや苦しみを感じずに逝ったであろうことが、唯一の救いといえるかもな」

「被害者は十八歳だろ」

「十代は酒を飲んじゃいけないという決まりがあるだけで、十代が酒を飲まないわけじゃない」

江上が肩をすくめる。

「酔っ払って車道に飛び出したのか」

花束の手向けられたあたりから、車道を見る。片側二車線の比較的広い道だ。映像では車の往来はほとんどなさそうだったが、日中はそれなりに交通量があるようだ。車列が途切れることはない。

花束の積み上げてあるあたりだけ、ガードレールが途切れていた。背後のプレハブ小屋は、パチンコ店の換金所のようだ。広大な駐車場の一角にプレハブ小屋が建っている。奥には、白亜の宮殿を模したようなパチンコ店。『ドリームキャッスル』というのが屋号らしい。

「被害者は夜中になにをしていた。どこからどこに向かっていたんだ」

被害者はプレハブ小屋の陰から飛び出してきたように見えた。パチンコ店が営業しているような時間ではない。

「どこから来たのかはわからないが、目的地は自宅アパートのはずだ。この道路を横断してしばらく歩くと、被害者の住むアパートがある」

「事故発生時、同居の母親はどこに？」

「驚いたな。家族構成まで調べているのか」

江上は目を見開いた。

「スナック勤務だよな」

「ああ。『らいむらいと』っていう店で働いている。事故発生時にも出勤していた。間違いない」

だとすれば母親が自ら手を下したわけではない。

「母親には交際相手の男がいたか」

「いや。そこまでは……」

調べていないようだ。ドライブレコーダーの映像を見る限り、事件性が疑われるような要素もないから、致し方なしか。

「おいおい。捜一さまがどうしてまたこんな事故について知りたがるのかと思ったが、もしかして殺人を疑ってるのか」

「わからない。だが映像を見る限り、被害者は換金所の陰から、突然飛び出してきているように見える。誰かが押し出した可能性はないだろうか」

意味を理解するまでに時間がかかったらしい。間を置いてから、江上が素《す》っ頓狂《とんきょう》な声を上げる。

「押し出しただと？」

「不可能ではない」

酒を飲ませ、泥酔させた上で、道路に押し出す。そう考えてみると、道路を横断する際の被害者の挙動も納得できる。

「もう少し調べてみる」

「調べるって」

「被害者の母親から話を聞く。この道路を横断してしばらく……って話だったよな。詳しい住所を教えてくれないか」

「待て待て。おまえ一人で行かせるわけにはいかない。車に乗れ」

江上がセダンを顎《あご》でしゃくった。

4

江上の言う通り、事故の被害者・坂倉亮祐の住んでいたアパートは現場からほど近い場所にあった。古いアパートが肩を寄せ合うように集まる区域の中でも、とくに古そうな二階建ての建物だ。

一階の角部屋がそうらしい。江上は迷いのない足取りで歩いて、ドアスコープの下に設置されているチャイムを鳴らした。

反応はない。しばらく待ってもう一度鳴らし、江上が扉に顔を寄せ、呼びかけた。

「こんにちは、坂倉さん。いらっしゃいますか。足立東署の江上です」

やはり反応はない。不在だろうかと思ったそのとき、扉の向こうで物音がした。

江上がふたたびチャイムを鳴らし、今度はノックも加える。

するとようやく、気配が近づいてくる。

錠の外れる音がして、扉が開いた。

「……はい」

髪の毛が乱れて、腫《は》れぼったい顔をした中年の女が出てきた。彼女が坂倉明日香のようだ。眩《まぶ》しそうでもあり、同時に迷惑そうでもある表情だった。目もとが仁美に似ている。簑島がそう感じたのは、強引に面影を探したせいかもしれない。浮世離れした美しさの仁美と、目の前の疲れ切った中年女の放つ印象は、あまりにかけ離れていた。二人が並んでいても血縁だと考える人間は少ないだろう。

そんなことより。

簑島は反射的に顔をしかめそうになる。

強烈な酒の臭いがしたのだ。かなり飲んでいるようだ。

江上も少し怯《ひる》んだようだったが、気を取り直したように愛想よく笑った。

「おやすみのところすみません。以前にお話をうかがった足立東署の江上です。こちらは本庁捜査一課の簑島」

簑島が首を折ると、坂倉明日香は怪訝《けげん》そうな上目遣いで警戒を露《あら》わにした。

「なんでしょう」

「お話をうかがいたいのですが」

「話ならしましたけど。それこそ何度も何度も、同じ話を、繰り返し」

恩着せがましい嫌みな言い方にも、江上は慇懃《いんぎん》な態度を崩さない。

「その節はご協力ありがとうございました」と笑顔で頭を下げている。

「お手数をおかけしますが、もう一度だけお願いできますか」

簑島の申し出に女は露骨に嫌そうな顔をしたが、最後には不承ぶしょうといった感じで頷いた。

「少しだけなら」

「ありがとうございます」

「少しだけですよ」

「お時間とらせません。早速ですが、事故に遭《あ》ったとき、亮祐くんは飲酒していたそうです」

「そうらしいですね」

「亮祐くんには、日ごろから飲酒の習慣があったのでしょうか」

坂倉明日香は面倒くさそうに腰をかいた。

「あったんじゃないですか。アルコールが検出されたのなら、そうなんでしょう」

「酒を飲んでいるのをご覧になったことは」

「見たことはないです。でも、うちの子はけっして優等生じゃなかったし、品行方正というわけでもなかったでしょうから。私だって、親の目を盗んで十代のころからお酒を飲んでいたし」

「事故現場はパチンコ店の近くの路上でした。深夜二時に、亮祐くんはなにをしていたのでしょう」

「私に訊かれてもわかりません。仕事中でしたから。友達と遊んだ帰りとかじゃないでしょうか」

「高校の、ですか」

「アルバイト先かもしれませんけど」

「亮祐くんはアルバイトをしていたんですか」

「知りません。うちは放任主義なんです」

「亮祐くんと親しい友人の名前を、ご存じでしたら教えていただきたいのですが」

「わかりません」

「一人もですか。フルネームでなくとも、下の名前だけとか、愛称でもかまわないのですが」

「知りません」

苛立《いらだ》った口調だった。「いまさらなんですか。そんなこと、事故に関係あるんですか」

簑島ではなく、江上に向けた発言だった。

「忙しいんです。もういいですか」

一方的に話を打ち切ると、坂倉明日香は扉を閉めてしまった。

「参ったな」とりつく島もない。

車に戻りながら、江上が言った。

「なんでこのヤマに注目した？」

首をかしげる簑島に、江上が続ける。

「あまり感心できる母親じゃないのはたしかだが、アリバイはしっかりしている。事故自体大きく報道されたものでもないのに、なんでまた捜一のおまえが出張ってくるのかと思ってな」

そこまで言ってから、慌てて両手を振る。

「誤解するなよ。縄張り意識とかそういうのじゃない。保険金の件とか、おれにも引っかかる部分はあったんだ。だから隠された真相が明らかになるなら、おまえの介入も歓迎する。ただの素朴な疑問だ」

なんと答えるべきかしばらく考えてから、簑島は言った。

「ある筋からのタレコミ……とだけ言っておくよ」

「なんだよ、それ。捜一の刑事にはそんな情報まで流れてくるのか」

完全に納得はしないまでも、それ以上踏み込んではいけないと察してくれたようだ。江上が話題を変える。

「これからどうする」

「母親にアリバイが成立しているなら、共犯者がいる。スナック勤務であれば、可能性が高いのは常連客か」

「自分の間違いを認めたくないわけじゃないが、これは本当に殺人なのか」

なぜ簑島がここまで強い確信を持って動けるのか、江上には理解できないようだ。無理もない。仁美の話を聞いていなければ、簑島だって事件性のない交通事故と結論づけたかもしれない。

「助かったよ。ありがとう」

同期のよしみだけでこれ以上付き合わせるのは悪いと思ったのだが。

「待て。なんだよそれ。まさかここで降りろなんて言わないよな。乗りかかった船だ。最後まで見届けさせろ」

江上はことの顛末を見届けるつもりのようだった。

「ありがとう」

「で、どうする」

「坂倉明日香の交友関係を調べる。その中に共犯者――実行犯がいるはずだ」

「だとすれば、まずは坂倉の職場に聞き込みするか」

簑島はスマートフォンで時刻を確認した。正午を少しまわったところだった。

「難しいのは、職場に聞き込みを行えば、本人にこちらの動きが伝わってしまうことだ」

「だな。ただでさえあの調子だっていうのに、これ以上かたくなになられたら厄介だ」

「なにかしらの隠蔽《いんぺい》工作を行われてしまう可能性もある」

「いったんは事件性なしという結論が出てるからな……もっとも、その結論を出したのはおれなんだが」

江上が申し訳なさそうに髪の毛をかいた。

「気にするな。大事なのはこれからどうするかだ」

簑島はむしろ、いったん出した結論にケチをつけられたかたちなのに、素直に同期の再捜査に手を貸す江上の度量に驚かされていた。担当が江上でなければ、資料の閲覧すら嫌がられていたのではないか。

「坂倉明日香の交友関係を調べたいが、正面突破はできない。誰か面の割れていないやつを動員して、客を装って飲みに行かせるか」

「頼めるあてはありそうか」

江上が顔を歪めた。

「どうだろうな。後輩に命令すれば動きはするだろうが、一度幕引きしたはずの案件だけに納得させるのが難しい」

そのとき、簑島の脳裏に一人の男の顔が浮かんだ。

「どうした」

ふいに動きを止めた簑島の顔を、江上が覗《のぞ》き込む。

「あてはある」

「本当か」

とても警察の手先とは思えない見てくれで、自分の頼みを最優先に動いてくれそうな男の顔が、簑島の脳裏に浮かんでいた。

5

目の前に止まった高級外車に、江上が目を瞬かせる。その運転席からおりてきた、貫禄《かんろく》とは無縁の金髪のチンピラを見て、今度は大きく口を開けた。

「簑島の旦那！　お久しぶりです！」

抱きついてくる望月の背中を、簑島はポンポンと叩《たた》いた。

「旦那？」

抱き合う二人に、江上が珍獣を見る顔をする。

「元気だったか」

「自分は元気っす。バカなんで」

だから風邪《かぜ》一つ引かないと言いたいのだろう。

「簑島の旦那は、少し痩《や》せましたか」

「そうかな」

首をひねりながらも、久しぶりに会った相手に気づかれるほどなのかと、ひそかにショックを受けた。どうすれば熟睡できるようになるのだろう。

「ええ。スッキリして、もともとの男前がさらに男前になったと思います。かっこいいです」

フォローしているのか、本当にそう思っているのかわからないが、望月のその言葉でいくぶん気持ちが軽くなる。

「簑島……」

歩み寄ってきた江上が、望月を見ながら紹介を求める。

望月は自己紹介した。

「自分、望月っていいます。簑島の旦那には、めちゃくちゃお世話になってます」

「足立東署交通捜査課の江上です」

望月に軽く頭を下げた後で、江上がこちらを見た。このチンピラといったいどういう関係なのかと、顔に書いてあった。

「情報屋みたいなものだ」

「みたいなもの？」

「情報屋っす」と、望月が断言した。江上はまだ納得しないようだったが、それ以上詮索《せんさく》するのを諦めたようだ。

「で、なにをすればいいんですか。簑島の旦那のお役に立てることなら、なんでもやらせていただきます」

望月は連絡をもらったことが嬉《うれ》しくてたまらないといった雰囲気だ。

「ある女性の行動確認をしてほしい。坂倉明日香。四十七歳のホステスで、この近くのスナックに勤務している」

もしかしたら仁美から母親の話を聞いているかもしれないと思ったが、望月は「坂倉明日香」という名前に特別な反応を示さなかった。

「行動確認といっても、ずっと見張っている必要はない。知りたいのは、彼女の交友関係――ことに男性関係だ」

「誰と付き合っているのか調べろってことですね」

望月が言い、簑島は頷く。

「勤務先のスナックの常連客の可能性が高いと、おれは考えている」

「ホステスと常連客は、王道パターンっすからね」

望月は顎を触りながら言った。

「おれたちだと面が割れているから、坂倉に警戒されてしまう。客を装って店を訪れ、探ってみてくれないか」

「了解っす。マダムキラーの本領を発揮してやります」

「ひとまず飲み代を渡しておく」

財布を取り出そうとジャケットの懐《ふところ》に差し込んだ簑島の手の動きを、望月は止めた。

「いいっすいいっす。魔法のカードがありますし」

そう言って望月が自分の財布から取り出したのは、アメックスのブラックカードだった。

そんなものを見せられてなお自分が払うと言い張るのもバカバカしくなり、簑島は財布を懐にしまう。

「悪いな」

「自分で払うわけじゃないんで」

望月が愉快そうに肩をすくめた。仁美から預けられたカードなのだろう。

「それじゃ、進捗《しんちょく》があったら連絡してくれ」

「進捗がなくても連絡していいっすか」

「ダメだ」

「なら意地でも進捗させます」

望月は意気揚々と車に乗り込み、走り去った。

江上は最後まであっけにとられた様子だった。

6

坂倉明日香の人間関係については望月に任せ、二人は坂倉亮祐の通っていた公立高校に向かった。

担任の田村《たむら》という女性教師に話を聞いたところ、坂倉亮祐はとくに目立った生徒ではなかったようだ。成績は中の下だが問題行動や非行が目立つこともなかった。積極的に発言するタイプではなく存在感は薄いものの、コミュニティーからつまはじきにされているわけでもなかったという。受験もせず、就職活動もしなかったために進路は決まっていなかったが、そもそも偏差値の高い学校ではないので、うちの学校ではそういう子は珍しくもないんですよと、田村は自嘲《じちょう》気味に語った。芸人とかユーチューバーとか、そういうのを目指すからっていうので。

とくに親しくしていた生徒は誰か訊いたところ、増田純也《ますだじゅんや》という男子生徒の名前が挙がった。放課後になるのを待って、増田純也から話を聞かせてもらうことにした。

職員室内にパーティションで仕切られた簡素な応接スペースがあり、ローテーブルを挟んで二人がけのソファが向き合っている。

「失礼します」と深々とお辞儀をした後、顔を上げた増田の表情は、糊《のり》で固めたように強《こわ》張《ば》っていた。

緊張をほぐそうと、江上が自分の頭の高さで手刀を横にする。

「背、高いね。何センチ？」

「前に計ったときには、一八〇でしたけど、いまはもう少し伸びていると思います」

身体は大きいのに、声は少年の細さを残しているのがアンバランスだ。

「なにか部活やってるの」

「いいえ。帰宅部です」

「そうなの。もったいない。私にその体格があったら、バスケットボールとかやりたかったな。『スラムダンク』に憧《あこが》れたんだ」

江上の挙げた漫画のタイトルがピンとこなかったらしく、増田が困惑を露わにする。

「いまの若い子は知らないよ」

簑島の指摘に、江上は「マジか」と肩を落とした。増田の表情は硬いままだが、担任教師の田村の緊張をほぐすことはできたらしい。手で口元を覆い、ふふっと笑いを漏らす。

第一印象通り、田村とはほぼ同世代のようだ。

簑島と江上、田村と増田がそれぞれ並んで座る。

「坂倉亮祐くんと親しかった、と聞いたんだけど」

江上がちらりと田村を見ながら、増田に問いかける。

「親しかったというか、普通に友達でした」

「よく遊んでいたのかな」

警察官の印象とはほど遠い、江上の柔らかい語り口でも、少年の緊張をほぐすことはできないらしい。

「たまに」

答える声も表情も、石のように固かった。

見かねたように田村が口を挟む。

「小学校から一緒だったのよね」

増田は声を出さず、頷きだけで応じた。

「坂倉くんは事故に遭ったとき、お酒を飲んでいたみたいなんだ。そのことは聞いてるかな」

簑島の質問に、増田の視線が泳ぎ始める。

「聞いています」

「坂倉くんは普段からお酒を飲んでいたのかな」

「さあ……」

どう答えるのが正解なのか、探るような間があった。

「かりにお酒を飲んでいたとしても、いまさら責めるつもりはないよ。どうして坂倉くんが事故に遭ったのか、どうして車道に飛び出したのか、どうしてお酒を飲んでいたのか、本当のことを知りたいだけなんだ」

少年の背中を押すような、やさしい江上の口調だった。

それでも逡巡《しゆんじゆん》していたが、やがて増田が口を開く。

「たまに飲んでいました」

「一緒に飲んだりしたことは?」

「あります」

江上の視線を頰《ほお》に感じる。

坂倉亮祐には飲酒の習慣があった。あの日は飲み過ぎてしまい、近づくトラックに気づかずに道路を横断しようとした。そして撥ねられた。事件性を疑うような不審点はないんじゃないかと、問いかけるような視線だった。あるいは、気が済んだかと諭すような視線だ。

「もしかして事故当日、直前まで一緒に飲んでいたかい」

簑島の発言に、その場にいた全員が冷水を浴びせられたような顔をした。

坂倉亮祐には飲酒の習慣があったにしても、なぜ深夜二時にあの場所にいたのかが解せない。未成年で目立った非行もなかったのだから、酒を飲むにしても自宅とか友人宅とか、人目を避けるはずだ。少なくとも家の外で、一人で飲むことはない。誰かと一緒だった。

その帰り道で事故に遭った。

成人ならばともかく、坂倉亮祐は未成年で交友関係も広くはなさそうだ。一緒に飲む相手など、せいぜい数人だったろう。増田は、坂倉亮祐と一緒に酒を飲んだことがあった。坂倉亮祐にとって、一緒に酒を飲む数人のうちの一人だ。

そしてなにかに怯《おび》えたような、増田の挙動不審な態度。たんに飲酒がばれるのを恐れているだけではない。

目の前の少年が、がくっと崩れ落ちる。体調でも崩したのかと思ったが、違った。

増田は頭を下げていたのだった。

「すみませんでした」

「増田くん?」

田村はなにが起こったか、理解が追いつかない様子だ。

「あの日、事故の起こった日、亮祐と一緒に酒を飲んでいました。あんなことになるとは思わなかったんです。僕がお酒を飲ませたせいで、亮祐は死んでしまった……僕のせいだとバレるのが怖くて、警察の人には、その日は亮祐と会っていないって嘘をつきました。ごめんなさい」

深々と頭を下げているので、表情はうかがえない。だが全身が小刻みに震えていた。

「どこで飲んでいたんだい」

簑島は訊いた。

「僕の家です。亮祐はお母さんと二人暮らしで、夜はお母さんが仕事でほとんど家にいないから、たまに僕の家に遊びに来ていました。うちは亮祐とは逆で父親だけの片親で、お父さんは深夜シフトもある仕事をしていて、家にいないこともあるから、互いの家を行き来していたんです。そして、うちでこっそりお酒を飲んだり……事故のあった日もそうでした。僕は泊まっていけって言ったんです。だけど亮祐が帰るって言い張って。ごめんなさい。本当にごめんなさい。僕のせいで亮祐が死んじゃった」

最後には両手で顔を覆い、嗚咽《おえつ》していた。真相を告白した教え子を抱きしめながら、田村も目に涙を浮かべていた。

7

「ありえない！　あれが事故だなんて！」

「だが同級生の増田純也が、直前まで亮祐くんと一緒に酒を飲んでいたと告白しています。お母さんにも男の影は見当たりません」

「あんなやつ、母親じゃない！」

仁美が般若《はんにゃ》の形相になる。

簑島は渋谷区道玄坂にある高級マンションの一室にいた。一面のガラス窓からふんだんに陽光を取り込む明るいリビングで、L字型に配置されたソファに簑島が座り、斜め向かいに座っていた仁美は、立ち上がってうろうろと歩き回っている。

「ちゃんと調べてくれたの？」

「そのつもりです」

「つもり、じゃないのよ。しっかり調べてよ。あの女が亮祐を殺したという証拠を、見つけてよ」

高圧的な物言いにカチンときたが、仁美がこれほど感情的になるのも珍しい。

仁美はかたくなに母親を認めないが、認めないという強いこだわり自体が、母親への強い執着を表しているように、簑島には思えた。

同級生への聞き込みで坂倉亮祐に飲酒の習慣があったことと、事故当日、直前まで飲んでいたことが明らかになった。さらに『らいむらいと』に潜入した望月からの報告によれば、坂倉明日香が常連客と交際している様子はないという。坂倉明日香に気があるふりをして同僚たちに探りを入れてみたところ、いまフリーだから頑張れと背中を押されたらしい。念のために店を出てからの坂倉明日香を尾行してみたが男の影はなく、まっすぐ帰宅したようだ。

「じゃあ、保険金はどうなるの。まだ高校すら出ていない息子に、何千万円もの保険をかける？」

違和感はあるものの、十八歳になった息子を生命保険に加入させるのは、脱法でも違法でもない。個人的な感覚の問題に過ぎない。

「仁美さんは少し冷静になったほうがいい」

「なれるわけがないでしょう。弟が殺されたのよ」

「まだ殺されたと決まったわけでは――」

「あなたは冷静になれたの？　恋人が殺されたと知ったとき」

仁美がしまったという顔をする。この表情も、簑島にとって初めて見るものだった。

「ごめんなさい」

この人でも謝ることがあるんだと、不思議な感動があった。

「かまいません。当事者に冷静になれというのは、無理な注文でした。おれも真生子が殺されたと知ったときには、冷静でいられなかった。冷静でいるつもりでも、いま振り返ってみると地に足がついていない感覚だったと思います」

そしてどこか自分を見失ったような感覚は、その後十年以上続いた。突如として恋人を奪われた喪失感、恋人が風俗で働いていたという裏切り、恋人を殺したとされる明石陽一郎への怒り。簑島を突き動かすのは、それだけだった。

簑島はふっ、と微笑を漏らした。

「滑稽《こっけい》だと思います。考えてみれば、学生時代に付き合っていたカップルなんて大半が別れる。真生子が死んでいなくてもいずれ別れていたかもしれないし、風俗で働いている事実を知ったら、別れた後も彼女を恨んでいたかもしれない。喧嘩《けんか》別れして音信が途絶えるのも、彼女が死んでいなくなるのも、本当はたいして違いがないはずなのに、おれはいつまでも彼女の死に囚《とら》われている。ここに来る前、久しぶりにあのホテルがあった場所を通りました」

「どうだったの」

「ダメでした」

自嘲の笑みが漏れた。

『ホテル万年《まんねん》』。かつて円山町《まるやまちょう》の目抜き通りから少し入った場所にあった、休憩料金二八〇〇円という安宿で、真生子は殺された。いまは取り壊されてレンガ造りを模した洒落《しゃれ》たビルになっており、当時の面影はない。だがその場所を通過するとき、簑島は平静でいられなかった。とっくになくなったはずの薄汚れたホテルがよみがえり、実際には見ていないはずの真生子がエントランスに消える光景が、映像として再生される。激しい動悸《どうき》がして、呼吸が苦しくなり、いまにも倒れそうになる。

ふいに、息が詰まる感覚がした。

やわらかく、あたたかい感触。

仁美に抱きしめられているのだった。

やめてください――喉《のど》もとまで出かかったところで、言葉が詰まる。口を噤《つぐ》んだのは、まぎれもなく自分の意思だ。あまりにも心地よくて、拒絶の言葉を発することができない。

――やっとけ。カモがネギしょってやってきてんだ。女がまたぐら濡《ぬ》らして誘ってんだ。ぶちこんどけ。

伊武の声が聞こえ、ようやく仁美を突き放すことができた。

「すみません」

「私のことが嫌い？」

仁美は拒絶されたのが信じられないという顔をしている。

「あなたは明石陽一郎の妻です」

「答えになっていないいんだけど」

「すみません」

強引に話を終わらせると、仁美の目から急激に熱が失われていった。

簑島の斜め前のソファに、すとんと腰をおろして脚を組む。

「あーあ。つまんないの。ちょっと冷めちゃった」

あまりの変貌《へんぼう》ぶりに、かすかな疑念が芽生える。この女の話は、どこまで本当だったのだろう。

「話が逸《そ》れてしまいましたが、報告は以上です。亮祐くんは事故直前まで飲酒していて、母親にはアリバイがあります。母親の共犯者になりそうな交際相手の影も、いまのところ見当たりません。保険金にかんしてはたしかに引っかかりますが、心証としてはシロです」

「あの女に男がいないなんて、そんなわけがないと思うんだけど。アイデンティティーなんて欠片《かけら》もない、男に寄りかかって生きているような女なのに」

仁美には納得できないようだ。

「たまたま途切れるということも――」

「ない」と断言された。

「朗くんみたいな生真面目《きまじめ》が服を着たような人には理解できないかもしれないけど、パートナーへの依存心が強い人間には、そういうことはないの。同時に複数の相手と交際することはあっても、途切れることはぜったいにない。女であれば年をとって相手にしてくれる男のレベルが下がっても、水商売をやっていれば言い寄ってくる男がゼロにはならない。そして女のほうも高望みすることなく、言い寄ってきた中から最善の選択をする。ベストじゃないのはわかっているけど、ベターで当座をしのぐ。そういう人間もいるの」

いまいち共感できない。

「交際相手は必ずいると？」

「ぜったいにいる。そして自分というものを持たないあの女は、その男の入れ知恵で動いている」

「いくら依存的といっても、男のために我が子を殺すなんて」

「あるわよ」これも断言された。

「親子だからって愛情が通っているとは限らない。子を愛さない親だっているし、そんな親を子が愛すのは難しい。親子だから、きょうだいだから、家族だから。たまたま自分の家族仲がよかっただけの幸運な人間が、家族はこうあるべきなんて価値観を押しつけるこ

とが、どれだけ多くの人を苦しめているか、どれだけ多くの人間にとって呪いになってい
るのか、考えたことはある？」
疑問を投げつけた後で、自分が熱弁しすぎたのに気づいたらしく、仁美が自分の口を手
で覆う。
「ごめんなさい。また感情的になっちゃった」
「いえ。人間らしいと思いました」
「どういう意味？　普段は人間らしくないみたいね」
それは認めるけどと、仁美が長い息をつく。
「わかりました。坂倉明日香の人間関係について、もう少し詳しく調べてみます」
「お願い。あの女がそんなに器用に隠せるわけがないと思うから、そんなに大変じゃない
はず」
「ただ、状況からすると第三者の介入が難しいと感じたのはたしかです。亮祐くんは事故
直前まで友人と飲んでいて、そのとき母親はスナックに出勤しており、息子の行動を把握
するのは不可能でした」
「共犯者が友達の家の前で待ち伏せしていたとか」
「そうする以外に第三者による殺人は不可能ですが、事故が起こったのは深夜の二時過ぎ
です」
「待ち伏せするにも、相当な長時間になるってことね」

「ええ。友人も亮祐くんに泊まるよう勧めたと言っていますし、もしもおれが共犯者の立場であれば、諦めてまたの機会を狙《ねら》います」

そこまで話して、ふいに閃《ひらめ》きが弾《はじ》けた。

気づけば仁美の顔がすぐ目の前にあって、ぎょっとして顎を引く。

「変なことをするつもりはないわよ」

仁美は笑っているが、少しだけ心外そうでもあった。

「どうしたの」

「いや……」言いよどんでしまう。

坂倉明日香は男に依存するたちで、男にそそのかされて息子の亮祐に多額の保険をかけた。息子を殺害し、保険金をせしめるのが目的だ。

だが亮祐の死は、事故として処理されている。遺体からは高いアルコール反応が出たため、かなりの量、飲酒していたとみられる。友人宅で飲んで帰宅途中に、車道を横切ろうとし、大型トラックに撥ねられた。それが足立東署交通捜査課の見解だ。

不審点としては、息子が十八歳になったとたんに加入させられた高額の保険、深夜二時に亮祐はどこに出かけていたのか、坂倉明日香にいるはずの共犯者の影が見当たらない、の三つだろう。

亮祐の行き先については、同級生の増田純也が自宅で一緒に飲んでいたと告白した。

実行犯が坂倉明日香の恋人であると仮定すれば、同級生の家で日が変わるまで飲んでいた坂倉亮祐を、辛抱強く待ち続けていたことになる。保険金数千万円のためとはいえ、生半可な気持ちでできることではない。

それでも実行犯は増田邸の近くで、いつ出てくるともしれない、もしかしたら朝まで出てこない可能性がある坂倉亮祐を待ち続け、尾行し、泥酔した亮祐の身柄を確保し、大型トラックが走ってくるタイミングを見計らってパチンコ店の換金所の陰から突き飛ばした。

もっとシンプルに考えてみたらどうだろう。

実行犯は坂倉明日香の交際相手。依存的な性格である明日香は男を切らすことがないのに、望月がスナックに潜入してみても、男の影は見当たらなかった。ということは、スナック以外の人間関係の中に、坂倉明日香の交際相手が存在する。だがおそらく、彼女の交友関係はそう広くない。スナックの同僚や常連客を除外すると、候補はほとんどいなくなるのではないか。

ところが、残り少なくなった候補者の一人と坂倉明日香を結びつけることで、犯行はあまりにも容易になる。

ただ、普通はその点と点を結びつけない。

普通は――。

8

「来たぞ」

簑島の言葉で、運転席でまどろみ始めていた江上が飛び起きる。

「マジか」

ハンドルを両手で握ったまま、身を乗り出すようにしてフロントガラスに顔を近づけ、目を細めた。

前方に見えるのは自転車だった。背の高い男が、簑島たちの乗ったセダンの横を通過し、遠ざかっていく。

男が向かう先には、坂倉明日香の住むアパートがあった。

男がブレーキを握り、自転車のスタンドを立てる。いちおう人目を気にするそぶりを見せているが、夜十時をまわったところだ。人通りもほとんどないし、刑事が張り込んでいる可能性など考えもしないのだろう。形式的にきょろきょろと首を振っただけで、スキップでも踏みそうな軽やかな足取りで、坂倉明日香のアパートに消えていった。

すぐに声をかけることはせず、それから三十分ほど待った。

「行きますか」

二人は車をおり、アパートに向かう。

呼び鈴を鳴らしても反応はない。だが在室しているのはわかっている。江上は何度も呼び鈴を鳴らし、扉をノックし続けた。

五分ほど経ったころだろうか。

扉が勢いよく開いた。

「何時だと思ってんだ！」

開いた扉の隙間《すきま》から顔を覗かせたのは、増田純也だった。学校を訪ねてきた刑事たちの顔を見て、暗がりでもわかるほど血相を変えた。

「こんばんは」

江上がいつもと同じやわらかい笑顔を浮かべる。やさしいばかりだと思っていたが、そうでもないかもしれないと、簑島は認識をあらためた。

「どうして……」

増田は呆然《ぼうぜん》としている。

「増田くんこそ、こんなところでなにをしているの。しかもそんな格好で」

自転車に乗っているときには羽織っていたコートを脱いでいるどころか、少年は薄手のTシャツにボクサーブリーフという軽装だった。

「坂倉さんは、いる？」

江上が扉を開いても、増田は抵抗しなかった。三和土《たたき》に立った江上が、部屋の奥に呼びかける。

「こんばんはー、坂倉さん、いらっしゃいますか」

江上の後ろから覗き込むと、その姿はすぐに見つかった。部屋の奥の壁際で、シーツを抱きしめている。シーツに覆われていない肩や脚は肌がむき出しで、衣服を身につけていないのは明らかだった。

「なんだ。いるじゃないですか。返事がないからいらっしゃらないかと。夜分に恐れ入ります。足立東署の江上です」

「なな、なにしに来たんですか！」

どう反応するべきか懸命に考えている様子だったが、逆ギレすることに決めたらしい。

「坂倉さんこそ、なにをなさっているんですか。亡くなった息子さんのご友人と、こんな時間に、そんなあられもない格好で。増田くん、きみ、いくつだったっけ」

「十、七……」

増田はうつむき、消え入るような声を出した。

坂倉明日香の交際相手にして、坂倉亮祐殺害の実行犯は増田純也。

そう考えることで、バラバラだったピースが一つの絵図を作り上げる感覚があった。明日香の交際相手は必ずいる。だが同僚たちも、坂倉明日香の交際相手を把握していない。坂倉明日香は身近な人々に交際相手の存在を明かしていないということだろうが、もしかしたら明かせない理由があるのかもしれない。

相手が息子の同級生であれば、その条件に当てはまる。なにしろ相手は高校生。明日香の息子である亮祐は十八歳になっていたが、同学年にはまだ十七歳の者もいる。

そして増田純也は十七歳。

「坂倉明日香さん。青少年保護育成条例違反の疑いがありますので、署でお話をうかがってもよろしいですか」

「え。いま？　いますぐ？」

「いますぐです。服を着る時間ぐらいはあげますけど、気持ちいいことをする時間はあげられません」

江上はやはり柔和なだけの男ではなさそうだ。

「きみにも話を聞きたい。一緒に来てもらっていいかな」

「でも、僕はなにも……」

「大丈夫。青少年保護育成条例にかんしては、きみはあくまで被害者だ。なにか罰せられることはない」

江上が言っているのは、あくまで坂倉明日香による青少年保護育成条例違反にかんしての話だ。泥酔した友人を車道に突き飛ばした罪については、当然ながらしかるべき罰が待っている。

青少年保護育成条例違反の容疑なのに、なぜ交通捜査課と捜査一課の捜査官が訪ねてきたのか。増田はそこにまで考えが至っていないようだ。露骨に安心した表情を浮かべた。

「恥ずかしくないのか」

簑島は軽蔑《けいべつ》を込めて言った。

増田が不思議そうに首をかしげる。

「友人を殺してまで、守りたかった関係なんだろう。未成年だからって、一方的に被害者面をするつもりか」

少年の顔から血の気が引いた。

「なんの、こと……ですか」

しらを切ろうとしたようだが、あまりにも拙《つたな》い演技だった。

「とにかく詳しい話は署で聞こう。寒いからなにか羽織って」

江上が笑顔で顎をしゃくる。

「着替えるから」

着替えるから外で待っていて欲しいと言いたいのだろうが、要求を吞《の》むことはできない。逃亡の恐れはなくとも、自死など突発的な行動に走る可能性がある。

「わかってる。早く服を着て」

江上はあえて空気を読まなかった。

おずおずと部屋に引き返した増田が、デニムパンツに脚を通し始める。

その奥では、坂倉明日香がブラのホックを嵌《は》めようと両手を後ろにまわしていた。そうしながら切なげな顔で増田を見つめる。

「ごめんね」

「ごめんね、じゃねえし。ぜんぶ、おまえのせいだからな。おまえが悪いんだ」

パンツのベルトを締めながら、増田がこちらを見て訴える。

「この人が計画したんです。亮祐がいたら自由に会うこともできないから、保険金かけて殺しちゃおうって。酒に酔わせて車に轢《ひ》かれるよう突き飛ばすっていうのも、この人のアイデアでした。僕はただ指示に従っただけです。本当は嫌だった。だって亮祐は友達だったんです」

「なにを言うの。二人で会っているところをあの子に見られてしまったから、もう会えなくなるって言ったら、じゃあ殺そうって言い出したのは、あなたじゃないの。殺すなんて考え、私にはとても思いつかない。だってあの子は私の息子なのよ。でもあなたは、手を下すのは自分だから大丈夫って。いつも通り仕事しててくれればいいから……って」

「僕は未成年だぞ。おまえの息子の同級生だ。そんなやつの提案をホイホイ受け入れるのはおかしいじゃないか。だいたい、息子の友達に手を出すなんていかれてる」

「いきなり抱きついてきたのはそっちじゃないの」

「それでも拒否しろよ。大人なんだから。それなのにおまえはヒーヒーよがって、次はいつ来るのなんて色目使いやがって。色ボケババアを本気で好きになるわけがない。僕は十七歳だ。これから若くてかわいい女の子とヤリまくる未来が待ってるんだ」

「ひどい！」

飛びかかる坂倉明日香を、増田が足蹴《あしげ》にする。

「キモいんだよ、くそブスが！　近づいてくんな！」

逆上した坂倉明日香が、獣じみた叫び声を上げる。そんな彼女を、増田は蹴り続ける。

「おい、簑島」

江上の制止を振り切り、簑島は部屋に上がり込んだ。

増田の肩をつかむ。

「あ？」

振り向いた増田の頬に、思い切りこぶしをたたき込んだ。

吹っ飛んだ増田が、坂倉明日香にかぶさるように倒れ込む。

「なにするの！」

なおも増田を守ろうとする坂倉明日香の姿勢に、頭の中でぷちっとなにかが切れた。

二人まとめて蹴りを入れる。

「簑島、やめろ！」

江上に羽交い絞めにされた。

怯えきった増田と坂倉明日香の顔が遠ざかる。二人の肩がびくっと持ち上がった。簑島が無意識に上げた雄叫《おたけ》びだった。

9

アクリル板の向こうで扉が開き、刑務官をともなった明石が入室してくる。

簑島はあれっ、と思った。

見た目はまったく変わらない。髪の毛はさっぱりと切り揃《そろ》えられ、ひげの剃《そ》り残し一つなく、ワイシャツにはパリッと糊が効いている。とても死刑囚とは思えない、清潔感あふれる服装だ。

しかし受ける印象はどことなく違った。以前の不敵ともいえる泰然としたたたずまいがなくなっている。

「久しぶりだな」

唇の端を持ち上げるしぐさも、まったく変わっていないのに。

「体調でも悪いのか」

簑島は思わず訊《たず》ねていた。

椅子《いす》を引く動作を止めた明石が、かすかに肩を揺らす。

「その言葉、そっくりそのまま返させてもらうよ。あんたは人の体調を気にかける前に、まずは自分の体調を心配するべきだ」

明石は椅子に腰をおろし、簑島を顎でしゃくった。

「たった数か月のうちに痩せすぎじゃないか。死相が出てるぞ」

「死刑囚に言われたくないな」

「死刑囚だから死の臭いに敏感になるんだ」

きつすぎるブラックジョークに、簑島は失笑を漏らす。

「冗談はさておき、大丈夫なのか。あまり眠れていないんだろう。目の下にくっきり隈《くま》が浮いてるぞ」

「激務だからな」

言いながら、目の下をなでる。日に日に隈が濃くなり、頬がこけ、顔色が悪くなっている自覚はあった。だがどうにもならない。

やはりこの男の目はごまかせないようだ。明石は細めた目に同情の色を浮かべている。

「体調の相談をしたければ医者にかかる」

「それもそうだな」

ところで、と明石が肩をすくめた。

「どういう心境の変化だ」

一時は月に数回通っていた東京拘置所から、最近はすっかり足が遠のいていた。

「おれのカウンセリングで時間を潰《つぶ》すつもりか」

「そういうつもりはない。ただ、もう来ないと思っていた」

「おれもそのつもりだった。おまえのことを信用できなくなった」

「信用してくれていた時期もあったとはな」

明石が両手を広げる。

「茶化すなら帰るぞ」

「すまない」

「おまえが無実だとしたら、それを証明しなければならない。罪も犯していない人間が罰を受けるのは間違っている。そう考えていた。だがおまえは無実ではなかった。人を一人殺していた」

「正確には傷害致死だ。殺すつもりはなかった。降りかかる火の粉を払っただけだ。その結果、死んだ」

「信じない。客観的事実以外は信じるに値しない」

「わかってる。自業自得だ。おれは清廉潔白じゃない。人を死なせた。その事実を隠していた。隠していたのではなく、忘れていたというのが正しい表現だが……これだってあんたからしたら信じられないんだよな」

「信じられない」

簑島が言い切ると、明石は観念したように両手を広げた。

「おれは人を死なせた。あんたにそのことを話していなかった。それが事実」

「死刑判決を受けたのとは別件とはいえ、おまえに人を殺した過去があるのは間違いない。四人の連続殺人については冤罪でも、一人は確実に殺している。そんな人間を、救う意味などあるだろうか」――

明石は唇を引き結び、簑島を見つめている。

「おまえは自分が人を殺したことを忘れていた。おれは疑っているが、おまえ自身はそう主張している。それならほかにも埋もれている記憶があるってことだよな。ほかにも何人か殺しているかもしれない。だとしたら、オリジナル・ストラングラーの犯行については冤罪でも、おまえは死刑に等しい罪を犯している可能性がある。そんなおまえを、救う意味はあるのか」

しばらく簑島を見つめていた明石が、おもむろに口を開く。

「おれもそれが怖い」

簑島は息を呑んだ。

明石は軽く目を伏せる。

「おれはけっして褒められた人生を送ってきたわけじゃない。かかわってきた多くの人間を不幸にした。だがそんなおれでも、人を殺したりはぜったいにしない。おれはクズではあるが、外道ではない。そう思っていた。だから無実を主張し続けた。罪だらけの人生だが、死刑に値する罪を犯したことはないと信じていたからだ。だが違った。おれは少なくとも、一人殺していた。おまえには信じられないかもしれないが、そのことをつい最近まで忘れていたんだ。記憶がよみがえってからは、ずっと考えている。おれは無実を主張するべき人間なのか。たまたま裁かれた罪が自分の犯したものでなかったというだけで、死刑に値する人間であることに違いはないんじゃないか……ってな。おまえには申し訳ないことをした。おまえだけでなく、望月や、碓井や矢吹、仁美、いっときでもおれの無実を信じて、おれのために動いてくれた人たちの信頼を、おれは裏切った。おれがいちばん怖いのは、おまえたちを裏切るのが、これで最後じゃないのかもしれないってことだ」

「ほかにも殺しているかもしれない……ってことか」

簑島の問いかけに、明石は軽く顎を引く。

「わからない。そうかもしれない」

「自分のやったことが、わからないなんてことあるのか」

発した言葉が自分に返ってきそうで、膝《ひざ》の上のこぶしを握りしめる。ここ最近の簑島は、まさしく自分を制御できなくなりそうだった。

出てくるなよと、頭の中の伊武を牽制《けんせい》する。

「情けないことにわからないんだ。最近になってそう思うようになった。おれはおれをわかっていない。自分のことは自分しかわからないが、社会的な自分を規定するのは、実際には他人だ。他人によってしか人は規定されないし、他人によって評価される。だから他人によって下された判決こそが、正しかったのかもしれない……ってな」

明石は皮肉っぽく笑う。

「ところで、望月に連絡したらしいな」

望月はいまでも頻繁に面会に訪れているらしい。

「ある事件の捜査に協力してもらった」

「聞いている。お手柄だったそうじゃないか」

別件で任意同行した坂倉明日香を追及したところ、息子の亮祐殺害計画を自供した。きっかけは増田純也との逢瀬《おうせ》を、息子に見られたことだった。

坂倉明日香はときどき訪ねてくる息子の同級生と男女の関係を結んだ。坂倉明日香は最初こそ拒絶したものの、やがて肉欲に溺《おぼ》れるようになった。増田は暇さえあれば坂倉家を訪ねてきて年上女の肉体をむさぼるようになった。来訪の頻度が高くなるにつれ、行動が大胆になり、警戒心も薄れてしまったのだろう。出かけていたはずの亮祐が予定より早く帰宅したことで、関係を知られてしまった。

激怒した亮祐は増田と絶縁し、母親とも口を利かなくなった。それでも二人は連絡を取り合い、増田家やラブホテルで逢瀬を重ねた。

あいつさえいなければ――増田の発したなにげない一言が、坂倉明日香の鼓膜の内側に洗濯では落ちない汗染みのようにこびりついていた。やがて彼女は、息子に保険金をかけて殺害し、手にした金で増田と二人、幸せな家庭を築くという妄想を抱くようになる。

寝物語に冗談めかして計画を話すと、意外にも増田の反応はよかった。トントン拍子に話は進み、ただの妄想は具体的な犯罪計画に発展していった。

まずは増田から亮祐に、これまでのことを謝罪したい旨を告げて自宅に誘い出す。そして酒を飲ませて酔い潰す。自宅まで送ってやると外に連れ出し、大型車両の通行の多い幹線道路まで誘導し、パチンコ店の換金所の陰から突き飛ばす。

「あんな事件に手柄なんかない」

簑島は両手を重ね、吐き捨てるように言った。

母親から邪魔者扱いされ、親友に殺された坂倉亮祐の人生を思うと、胸が潰れそうにな る。愛せないならなぜ産んだ。なんのための人生だった。

男に依存し、男のために犯罪に走り、男のために人生を棒に振るようなあの母親を見て育ったからこそ、仁美は男を利用するようになったのかもしれない。

「気持ちはわかるが、おまえが気づかなければ、事件が公にすらならなかった。被害者の無念も、少しは晴れただろう」

ふと思った。仁美は家族について明石に話していないのだろうか。考えてみれば、殺された坂倉亮祐は明石にとって義理の弟、逮捕された坂倉明日香は義理の母にあたる。獄中結婚なので面識はないだろうし、仁美は母親と縁を切っていたらしいので、知らないのも無理はないが。

「仁美さんは、最近面会に来ているのか」

「いや。最近はご無沙汰《ぶさた》だ。本格的におれに飽きてきたのかもしれないな」

「そんなこと……」

そんなことない、とは口が裂けても言えない。仁美の薄情な一面は、これまで散々見せつけられてきた。今回の一件で、彼女も人間なのだと安心させられたほどだ。

だが本当にそうなのだろうか。男を籠絡《ろうらく》し、人を操るのは彼女の得意技だ。その得意技で使い切れないほどの資産を手にした女だ。

仁美の目的は、本当に弟の恨みを晴らすことだったのだろうか。いくら家族相手でも、それほど深い愛情を誰かに抱くことが、彼女にあるのだろうか。

なにか別の目的が――。

「どうした」

明石の言葉で我に返った。

「いや。なんでもない」

「どうだ、仁美は。そろそろあんたにちょっかいかけているんじゃないか」

言葉に詰まった。

明石がにやりと唇の端をつり上げる。

「図星のようだな」

「仁美さんが本当に好きなのは、おまえ――」

「変な気をまわすな。あいつに他人への愛情がないことは、おれだってわかっている。無邪気に人の心を惑わせ、ゲーム感覚で人間関係を破壊するような女だ」

「わかっていて結婚したのか」

「まともな女が言い寄ってくると思うか。面識すらない死刑囚に求婚するなんて、ほとんどがイカレたハイブリストフィリアだ。その中でもっとも利用価値がありそうなのが、仁美だった。それだけの話だ。だから愛情はない」

いや、と自分の発言を否定するように、明石がかぶりを振る。

「長く付き合っていくうちに、情が移ってしまった部分はある。なにしろ、いまのおれの世界では唯一の女だ。夢の中にあいつが出てきて、起きたら夢精していた、なんてこともあった」

明石の誘い笑いに、簑島も遅れて応じた。

明石が続ける。

「だから幸せになって欲しいと思っている。あんたと一緒になってあいつが幸せなら、それでもかまわない。だが残念なことに、あいつは満たされることを知らない。どれだけ水を飲んでもつねに喉が渇いていて、もっともっとって要求するような女だ。だから、あんたの手に負えるタマじゃない」

「わかっている」

十分すぎるほどに。

「なにをしてもかまわない。あいつが求めるなら、セックスしたっていい。どのみちおれには手も触れられない女だ。あんたが満足させてやれるなら、それもいいだろう」

そんなことはしない、と即答できなかった。

明石が言う。

「だが、深入りだけはするな。あの女に付き合って水を求めていたら、あんたは溺れ死ぬ。

おれが言いたいのはそれだけだ」

面会を終え、東京拘置所を後にした。

特徴的なX型の建物を右手に見ながら歩き、荒川《あらかわ》沿いの平和橋《へいわばし》通りに出る。

ふいに、簑島は立ち止まった。

背後を振り返る。

視線を感じた。誰かから尾《つ》けられている。

しかし人の気配はない。腰の曲がった老婆が、ゆっくりとカートを押しているだけだった。

気のせいかと思い、正面に向き直ったそのときだった。

何者かに強い力で胸ぐらをつかまれた。

短軀《たんく》だが肩幅が広く、上半身にはジャケットが弾けそうなほどの筋肉が詰まっているようだった。

顎の周囲に濃い無精ひげを生やしたその男のことを、簑島は知っていた。

「有吉《ありよし》……」

名前を口にした瞬間、ぐいと引っ張られる。

どん、と背中に衝撃を受けた。背中を電柱に押しつけられたのだった。

「簑島、おまえ、なにやってるんだ」

有吉康晃《やすあき》は、警視庁捜査一課の同僚だった。

ということは、簑島を尾行していたのは……。

視線を動かすと、予想通りの顔があった。

色白で細面。つねに薄笑いを浮かべているように見える表情。

久慈《くじ》栄喜《はるき》。有吉とペアを組んでいる男だ。

「どうしてもきみへの疑念が拭《ぬぐ》いきれなかったものでね。行動確認させてもらいました。まさか、死刑囚に面会するとは考えもしませんでしたが」

「なんで……」

発言の途中で、ぐいと喉もとに有吉のこぶしを押し込まれた。

「なんで、は、こっちの台詞だよ。説明してもらおうか。なんでおまえが死刑囚に面会してる」

第三章

1

「にわかには信じられない話ですね」

簑島の話を聞き終えた久慈は、能面のようなつるりとした眉間《みけん》に、深い皺《しわ》を刻んだ。

「でも事実です」

「おまえ、自分がなにを言っているかわかってるのか。だっておまえ……」

言いよどむ有吉を、簑島が引き継ぐ。

「おれは恋人を明石に殺されました。いや、明石に殺されたと信じていました」

「それなのに明石の無実を信じるのですか」

顎《あご》を突き出した久慈の顔には、疑念とともに軽蔑《けいべつ》が表れている。

東京拘置所からの帰り道、いきなり有吉に胸ぐらをつかまれた。久慈も一緒だった。二人は本部庁舎を出るときから簑島を尾行していたようだ。明石に面会したことまで突き止められては、言い逃れしようがない。一か八《ばち》か、簑島はすべてを打ち明けることにした。

自分だって最初は信じられなかった。だが次第に明石の犯行だったのかと疑うようになり、いまでは冤罪《えんざい》だと考えるようになった。有吉も久慈も優秀な刑事だ。これまで自分が見聞きした内容を伝えれば、理解をえられるかもしれない。

三人は平和橋通り沿いの小さな公園にいた。ベンチに座った簑島を、有吉と久慈が左右から挟むように立っている。

「明石は清廉潔白な男じゃありません。むしろクズです。不祥事を起こして警察を辞め、風俗のスカウトマンとして多くの女性を不幸にした」

「きみの恋人も、その中の一人なのですよ」

やや芝居がかったような、久慈の声音だった。

「わかっています。やつを完全に許すことは一生できません。ただ、個人的な感情と法の下の正義は別物です。やつを許せないからといって、犯してもいない罪で裁かれ、死刑になってもいいとは思いません」

「おまえ、バカじゃないか。なにが悲しくて警察官が死刑囚の無実を証明するために奔走する」

「警察官だからって疑いもせず権威に服従するほうが、バカだと思いますけど」

「なんだとコラ」

いきり立つ有吉を、久慈が腕を上げて制した。有吉が不服そうに鼻を鳴らす。

簑島は二人の同僚の顔を交互に見た。

「先ほども話しましたが、明石はミューエレクトロの社員だった西田という男を死なせています。明石が西田と面会していた時刻が、連続殺人の三件目の犯行時刻と重なっているんです。つまり明石は連続殺人については無実――冤罪です」

「そんな話、信用できるか」

　有吉が鼻を鳴らす。

「重度のアルコール中毒だった明石はほとんど素面《しらふ》のときがないような有り様で、当時の記憶が残っていませんでした。そのせいで公判では検察の主張にほとんど反論することができず、死刑を確定させてしまった」

「それが都合よく記憶がよみがえったっていうのか、いまになって」

「都合よくはありません。明石は死刑囚として長い間、拘置所で刑の執行を待つ身でした。これが刑の執行から逃れるための苦し紛れの言い訳なら、もっと早くに記憶がよみがえったふりをしたはずです」

　久慈が顎に手をあてる。

「しかしかりに連続殺人が冤罪であっても、明石は人を一人死なせています」

「はい」

　簑島は久慈の目を見て頷《うなず》いた。

「そしてまだよみがえっていない記憶があるのであれば、さらには人を死なせた精神的ショックから逃れようと、自ら記憶に蓋《ふた》をしたという主張を信じるならば、ほかにも人を殺している可能性はありますね」

「否定できません。だからおれは迷っていました。この男に救う価値があるのか、どのみち死刑になるほどの罪を犯しているんじゃないか。この男のために自分のキャリアや生活を犠牲にする意味はあるのか、と」

「いずれにせよ悪人だ。悪いやつは片っ端から吊《つる》しちまえばいい」

有吉の暴論を無視して、簑島は続けた。

「ほかにも殺しているかもしれないという可能性だけで、見殺しにするわけにはいきません。やつの言葉を信じるならば、やつが殺したのはまだ一人、しかも殺人ではなく傷害致死です。死刑に値する罪ではありません」

「危ういですね」

久慈の発した言葉の意味が理解できなかった。

「どういう意味だ」

有吉が久慈に訊《たず》ねる。

「きみは生真面目《きまじめ》すぎます。法治国家である以上、正義も法律に則《のっと》って行使されるべきです。だが法律は時代とともに変わります。一人ならセーフ、二人以上ならアウト。たしかに現行法と判例ではそうなっていますが、今後もずっとそのままとは限りません。一人だろうと二人だろうと、被害者遺族にとってはかけがえのない存在です。数字で割り切れるものではない。それは、きみがいちばんよくわかっているはずですが」

「ええ、そのつもりです」

「ではなぜ被害者感情に寄り添おうとしないのですか。法の運用は、司法に任せていればいいことです」

「感情だけで人を裁くことが許されるのなら、おれはとっくに明石を殺しています、この手で」

簑島は自分の手を見た。そして顔を上げる。

「おれはずっと明石を憎んでいました。憎くて憎くてしかたがなかった。真生子は殺されたのに、死刑判決を受けたあいつは十四年も生きながらえている。理不尽だと思った。もしも許されるなら、絞首台ではなく、おれ自身に首を絞めさせて欲しいと願った」

「当然です」

久慈が頷く。

「だけどそれは、あくまで明石がおれの恋人を殺した犯人だった場合です。誰《だれ》でもいいから身代わりに処刑して、復讐《ふくしゅう》を果たした気になって溜飲を下げたいわけじゃありません。おれは真犯人を見つけたい。明石が真犯人ならこのまま死んでもらうし、でももしも違ったなら、そいつを見つけたい。見つけて罪に相応な罰を受けさせたい」

「だからといって、警察官が死刑囚のために動くのは、どうかと思うぜ」

有吉はトーンダウンして諭すような口調になった。

「明石が逮捕されたのには、警察の責任も大きいと考えています。言うなれば警察が明石を陥れた」

有吉と顔を見合ってから、久慈が言う。

「どういうことですか」

簑島は目を閉じ、静かに息を吐いた。

「お二人には話していなかったことがあります。明石逮捕のきっかけは、新宿ゴールデン街での暴行傷害事件だったことは？」

「もちろん知っています。捜査本部はかねてから明石をマークしていたものの、決め手に欠けた。そんなとき。明石が新宿ゴールデン街で揉《も》め事を起こした。これを千載一遇のチャンスと捉えた捜査本部は、被害者のチンピラに被害届を提出させ、ただの喧嘩《けんか》で異例の家宅捜索を実施、明石のアパートの押し入れから、被害者の毛髪や体液の付着したロープを発見した」

久慈の話を、有吉は頷きながら聞いていた。

「それが千載一遇のチャンスでなかったとすれば？」

「どういうことだ」

有吉が眉《まゆ》を歪《ゆが》める。

「そのとき明石に絡んだチンピラは、伊武さんからの指示を受けていたんです」

二人の同僚はしばらく無言だった。

「なに？」と先に口を開いたのは、有吉だった。

「明石と揉め事を起こしたチンピラは、伊武さんの指示で動いていました。無視されてもしつこく絡んで、できれば流血沙汰《ざた》にまで発展させて欲しいと。功を焦った伊武さんが、事件を作り出した。だから千載一遇のチャンスなんかじゃありません。不正な工作です」

「本当ですか」

さすがの久慈の声も、少し震えていた。

「間違いありません。伊武さんに直接確認しました。伊武さんは自らの工作を認めました」

「で、でもよ、明石のアパートから凶器が見つかったってのは事実なわけだろう」

有吉の言葉の途中から、久慈はかぶりを振っていた。

「明石の暴行傷害事件が仕組まれたものであったとすれば、警察が家宅捜索に入るタイミングは事前に予想がついた。であれば、アパートに忍び込んで凶器を置いてくることだって可能だ」

「そうです」と簑島は重々しく頷いた。

「伊武さんは捜査の過程で不正を行っていました。その事実に最初に気づいたのが、錦糸《きんし》町《ちょう》署刑事課の外山《とやま》さんでした」

「外山……どこかで聞いた名前だな」

有吉が虚空を見上げる。

「飛び降り自殺した刑事じゃないか」

さすが久慈はよく覚えている。

「その通りです。あれは自殺ということで処理されていますが、実際には違います。不正に気づいた外山さんを、伊武さんが殺したんです」

「はあっ？」と有吉が顔を歪めた。

「おまえ、いい加減なこと言ってると許さないぞ」

「隠していたのは謝りますが、いい加減なことを言っているつもりはありません。すべておれが見聞きし、伊武さんに直接確認したことです」

「なんでそんな大事なことを――」

「待て」と久慈が有吉を諫《いさ》める。「こうなったら最後まで話を聞いてみようじゃないか」

有吉が不服そうに唇を結び、久慈が「続けてくれ」と目顔で告げる。

「あの日、上野公園で伊武さんが撃たれた日、おれは伊武さんに訊ねました。かつて明石が逮捕されたときに不正な工作を行ったのか、そのことに気づいた外山さんを殺したのか。伊武さんは両方とも認めました。おれは伊武さんを告発することにしました。いろいろあったけど、伊武さんも最後には納得してくれました」

伊武が簑島のことも殺そうとナイフを持参していたことと、その刃先を一度は簑島に向けたことについては、言う必要はない。言いたくなかった。

「そして伊武さんを本部に連行しようとしたときに、銃撃されたんです。これまで嘘《うそ》をついていて、すみませんでした」

簑島は立ち上がり、頭を下げた。

二人の刑事は呆然《ぼうぜん》とした様子で立ち尽くしている。

やがて久慈がなにかに気づいた顔になった。

「つまり、伊武さんは口止めされた？」

「おれはそう考えています」

「どういう意味だ」

有吉はピンときていない様子だ。

久慈が説明する。

「考えてもみろ。いまの話がすべて事実なら、公判で示された証拠がすべて無効になり、冤罪が成立する。明石が無実なら、真犯人はほかにいるってことになる。オリジナル・ストラングラーの事件についても、捜査を再開せざるをえない」

有吉は大きく目を見開いた。

「伊武さんが死んで得をするのは、十四年前の事件の真犯人か。つまり伊武さんはオリジナル・ストラングラーに消された？」

「そうです」と簑島は頷いた。

「オリジナル・ストラングラーの事件が未解決ということになれば、ストラングラーによる犯行は十四年前の模倣と、簡単に結論づけるわけにもいかなくなりますよね」

「ああ。同一犯の可能性が浮かび上がってくる」

新展開に興奮しているらしく、有吉の息は荒い。

「十四年前の四件と、一年前から始まった四件。それらが同一犯によるものとなれば、単純に手がかりは二倍になり、犯人特定に大きく前進する」

久慈は懸命に冷静さを保とうとしているかのようだった。

「だな。同一犯だと仮定すれば、十四年前に少なくとも犯行可能な年齢に達していたことになる。犯行現場がラブホテルであることを考えると、最低でも十七、八歳にはなっていただろう。ぱっと見て未成年とわかるような容姿であれば、ホテルのフロント係から止められるかもしれないし、そんなやつがホテル街をうろちょろしていれば、通行人の記憶に残った可能性も高い。ってことは、ストラングラーは低く見積もっても、いま三十一歳以上……って、これってとんでもない前進じゃないか？　ストラングラーの人物像については、これまでいっさい明らかになっていなかった」

有吉は頰《ほお》を紅潮させ、ほかの二人の顔を見た。

「伊武さんを撃ったのはストラングラーと仮定することで、もっと大きな手がかりが浮かび上がってきます」

「なんだ。もったいつけるな」

焦《じ》れた様子の有吉に顎をしゃくられた。

「あの日、伊武さんは誰にも用件を告げずに本部を出たはずです。誰も伊武さんの行き先を知らなかった」

「同僚には詳しい行き先を告げず、野暮用で出かけてくると伝えていたそうです」

久慈が言う。久慈と有吉の二人は、伊武銃撃事件の専従捜査員だ。伊武の当日の行動については、関係者に聴取済みだろう。

「まあ、簑島の話が本当なら、自分にとって都合の悪いことになるのは予想できたろうから、行き先なんて言わないわな、普通は。話が本当なら、だが」

有吉は最後の部分をことさらに強調した。

「おれはあの日も明石に面会をして、東京拘置所から直接上野公園に向かいました。話がしたいと言い出したのはおれですが、上野公園という場所を指定したのは伊武さんです。おれは電話を切ってから上野公園で伊武さんと会うまで、誰とも連絡をとっていません」

「なるほど」

簑島の言わんとする内容を察したらしく、久慈が目を閉じる。

一拍遅れて、有吉も気づいたようだ。

「嘘だろ？」と大きな声を出した。

「お二人に本当のことを話さなかったのは、そういうわけです。すみませんでした」

簑島はあらためて謝罪した。

誰にも行き先を告げていないにもかかわらず、犯人は上野公園に現れ、伊武を射殺した。明石逮捕の際に不正な工作を行い、それに気づいた外山を殺害したことを認めた直後のタイミングで。あのまま簑島が伊武を連行していれば、伊武は逮捕され、明石の冤罪が成立した。犯人は明石の無実が証明されては困る立場。つまり明石の手によるとされる、十四年前の連続殺人の真犯人。十四年前の連続殺人の真犯人が逮捕されていないことになれば、ここ一年で発生した連続殺人との関連も考えざるをえない。そうなればストラングラー事件の捜査も大きく進展する。

伊武を銃撃した犯人は、明石が死刑囚のままでいてくれることで得をする人間。つまり真犯人であり、十四年の時を経て活動を再開したストラングラー。

ストラングラーは、簑島と伊武以外が知るはずもない待ち合わせ場所に現れた。簑島は直前まで東京拘置所で明石と面会しており、その時点まで伊武の外山殺しを疑っていなかった。その後伊武に連絡したのは、簑島にとっても突発的な行動だった。そう考えると、ストラングラーは、伊武を尾行して上野公園に至った可能性が高い。

おそらくは警視庁本部庁舎から、伊武のあとをつけていた。

ストラングラーは警察関係者——。

「おまえ、身内を疑うのか！　言っていいことと悪いことがあるぞ！」

有吉に胸ぐらをつかまれた。

「おれだって信じたくありません。でもそうとしか考えられない」

胸ぐらをつかむ手首を、簑島はつかんだ。にわかに一触即発の空気が漂い始める。

「待て、有吉」

久慈だけは温度の低い表情を保っていた。

「しかし……」

「放すんだ」

押さえた調子の中に、有無を言わさぬ響きがあった。胸ぐらをつかむ力が緩み、有吉の手が離れる。

「事実ならば大変なことです。しかしまだ、きみの話を信じ切ることはできない」

久慈の言葉に、簑島は襟元を直しながら返事をする。

「当然だと思います。だから報告をせずに、独自に調べていました」

「それだけですか」

簑島は動きを止めた。

久慈が真実を見透かそうとするかのように目を細める。

「事情聴取で本当のことを話さなかったのは、本当にそれだけが理由ですか」

簑島は顔を歪めながら言った。

「あなたたちのどちらかが、ストラングラーかもしれない。その可能性も考えました」

「なんだと！」

いきり立つ有吉を、久慈が諫める。

「待て。簑島は特別におれたちだけを疑っていたわけじゃない。本部庁舎に出入りする関係者なら、誰もがストラングラーの可能性がある。誰一人信用できなかったのです」

有吉は不服そうであったが、一歩後ずさった。

「いいんですか、私たちに話してしまって」

しばらく考えて、簑島はかぶりを振った。

「わかりません。もしかしたらおれはいま、ストラングラーに自分の手の内を明かしてしまったのかもしれない」

「そんなわけないだろうが！」

「少し落ち着け、有吉。声高に否定したところで、いまの簑島には信用の担保になりません。わかっているでしょう」

久慈に叱《しか》られ、有吉は唇を曲げた。

簑島は言う。

「以上がすべてです。おれは明石の冤罪の可能性を探るため、定期的に面会し、彼の協力者たちとコンタクトを取っていました。そしていままでは、明石は無実だと考えています。ほかの罪を犯していますが、連続殺人については冤罪です」

「自分がなにを言っているのか、わかっているのですか」

あくまで冷徹な、久慈の口調だった。ともすれば協力者になってくれるかもしれないと一縷《いちる》の望みを抱いた、自らの甘さを恥じる。

「わかっています。確定した判決を、権力側の人間が覆そうとしている。懲戒どころか職を失う可能性すらある行為です」

「信念を曲げる気は？」

「ありません」

しばらく久慈とにらみ合うかたちになった。

先に視線を逸《そ》らしたのは、久慈のほうだった。

「行くぞ、有吉」

有吉は虚を突かれた顔で、久慈と簑島を交互に見る。

「いいのか、このままで」

「聞きたい話は聞けました。私たちは私たちのヤマを調べるだけです」

背を向けて歩き出していた久慈が、ふいに足を止め、顔だけをこちらに向ける。

「協力はしないが、上に報告もしません。私にはきみの主張を、心から信じる気にはなれません」

「ありがとうございます」

それでじゅうぶんだ。

「ただし」と、久慈の目が鋭く光る。

「いま聞いたきみの話に嘘があるとわかったら、その時点で上に報告します。いいですね」

「わかりました」

「伊武さん銃撃事件について、なにか新事実が判明したら教えてください。きみは自分の恋人を殺した真犯人を突き止めたいのでしょうが、私たちは伊武さんを撃った犯人を捕まえるのが任務です」

簑島が頷くと、久慈は歩き始めた。

戸惑った様子で、有吉が久慈を追いかける。二人の背中が消えたとたん、どっと疲労が押し寄せてきた。会話していたのはそれほど長い時間ではなかったはずだが、極度の緊張が持続したせいで虚脱感がある。

ぐったりとベンチに座り込み、長い息をつく。

そのとき、懐《ふところ》でスマートフォンが震えた。発信元は捜査一課の係長・木原《きはら》だ。

応答ボタンを押し、スマートフォンを耳にあてる。やや神経質な印象の、中年男性にしては高い声が、いつもの早口で言った。

『簑島。いま、どこでなにをしている』

「食事に出ていました。すぐに戻ります」

小菅《こすげ》から桜田門まで四十分はかかる。食事に出たにしては遠すぎるが、戻ってからなんと言い訳するか。

だがその必要はなさそうだった。

『こっちには戻ってこなくていい。現場に直接向かってくれ。杉並《すぎなみ》区上荻《かみおぎ》だから、駅は荻《おぎ》窪《くぼ》が最寄りになる』

「どんなヤマですか」

『二日前から小学校五年生の男の子が行方《ゆくえ》不明になっている』

「脅迫電話は」

営利誘拐であって欲しいと思った。金目当てなら、子どもはまだ生きている可能性もある。だがいたずら目的の誘拐であれば……。

木原も同じ思いのようだ。

『ないらしい』と答える声が、やや沈んでいる。

『おれも詳しくは知らないんだ。子どもの両親から話を聞いてくれ』

「わかりました」

簑島は通話を切り、駅への道のりを急いだ。

2

木原から伝えられた住所には、木造の一戸建て住宅が建っていた。荻窪駅から五分ほどの、閑静で暮らしやすそうな住宅街の一角だ。

『桜井《さくらい》』という表札の下にあるインターフォンを鳴らすと扉が開き、スーツを着た四角い顔の、五十がらみの男が出てきた。住人でないのはすぐにわかった。森崎《もりさき》と名乗った男は、所轄の北杉並《きたすぎなみ》署の刑事らしい。

自己紹介もそこそこに靴を脱ぎ、家に上がる。

リビングには不安げな顔をした夫婦が、ソファに並んで座っていた。夫のほうは簑島と同年代くらい、妻はもう少し若く見える。

警察手帳を提示し、手短に自己紹介する。夫婦のことは、森崎が「駿太《しゅんた》くんのお父さんの桜井浩輔《こうすけ》さん、こちらがお母さんの一美《かずみ》さんです」と紹介してくれた。

夫婦の対面のソファに、森崎と並んで座る。

夫婦によれば、息子が行方不明になった経緯はこうだ。

桜井家は夫の浩輔が医師、妻の一美が看護師として働く共働き家庭だ。そのため両親が不在のことも多く、息子の駿太には自宅の鍵《かぎ》を預けていた。

その日、夕方までの勤務を終えた一美が帰宅すると、息子の姿はなかった。息子の部屋を覗《のぞ》いたところ、学習机の上にランドセルが置かれていたので、放課後いったん帰宅して出かけたのだと思った。それにしても帰りが遅い。門限の午後六時を一時間以上も過ぎていた。友人と遊ぶのに夢中になり、門限を破ってしまうことは、これまでにも何度かあった。普段親しくしている友人何人かの自宅に電話をかけたが、どの子もすでに帰宅しており、息子と遊んでいたという子もいなかった。

午後八時過ぎに帰宅した夫とともに近所を探し歩き、夫婦が北杉並署の門をくぐったときには、十時前になっていた。それから二日が経過しても、いまだ桜井駿太の行方はわかっていない。

一通り話を聞き終え、桜井家を辞去した。

「正直なところ、とっかかりすら見つからない。現代の神隠しですわ」

太い腕を窮屈そうに組みながら森崎が首をひねる。

「心当たりはすでに潰《つぶ》したんですよね」

簑島は訊《き》いた。

「ええ。親しい友人の家には連絡済みだし、そもそも二日も経《た》っていますから、友達と遊んでいて門限を忘れた、なんてことはありえないわけです」

「学校のほうでも、情報共有されているでしょうしね」

「クラスメイトに話を聞いたところ、当日、駿太くんは仲の良い友達三人と下校したそうです。ただ通学路がまったく一緒ということはないので、途中からは一人になるそうです。自室にランドセルが置いてあったから、いったん帰宅したのは間違いないでしょうが」

「自分の意思でどこかに出かけた可能性が高い、ということですね」

「問題はどこに出かけたか、ですが」

「小学五年生……そんなに行動範囲は広くないでしょうから、友人との遊びの約束ぐらいしか思いつきませんが」

「友人からは、そんな証言はありませんでした」

出かけた先でなんらかのトラブルに巻き込まれたのだろうか。いずれにせよ、わかっている範囲の足取りを辿《たど》ってみるしかない。

桜井家から五分ほど歩いたところで、「このあたりです」と森崎が足を止めた。

「ここまでは友人と一緒に下校して、ここで駿太くんは西に、友人は東に別れ、自宅まで一人になるようです」

なんの変哲もない平穏な住宅街。人通りは多くないものの、小学生の一人歩きが危険だとも思えない。

日が傾き、青空が端からぼんやり赤く染まり始める時間だった。駿太と同じ小学校の生徒だろうか、ちらほらとランドセルを背負った子どもたちの姿も見える。

「駿太くんの下校は、ちょうどいまごろですかね」

森崎が腕時計を確認する。

「そうですね。小学校五年生はだいたい四時過ぎの下校になるみたいですから、まっすぐ下校すれば、いまぐらいの時間にここを通過したかもしれません」

だとすれば、やはり危険とは思えない。

そのとき、刑事たちの横を一台のバイクが通過した。夕刊配達のスーパーカブだ。少し走っては止まり、少し走っては止まり、という感じで、家々のポストに夕刊を投函《とうかん》している。

「ちょっと」

簑島は新聞配達員を呼び止めた。

ハーフキャップのヘルメットをかぶった、四十代半ばぐらいに見える男の配達員だった。先を急いでいるのか、鬱陶《うっとう》しそうに振り返る。だが簑島が警察手帳を提示すると、へらへらと愛想よくなった。

「いつもこの時間に、このあたりを配達していらっしゃるんですか」

「ええ。指定された時間までに配達しないと怒り出す読者さんもいるから、いつもいっぱいいっぱいです」

だから手短に済ませて欲しいということらしい。

「それはお忙しいところ申し訳ない。二日前ですが――」

「桜井さんのところのお子さんですか」と先回りされた。

「以前にうちの新聞を購読していただいたことがあって、お宅に遊園地のチケットを持っていったこともあるので、よく覚えています。明るくて良い子ですよね。行方不明になったとテレビで見て驚きました。まだ見つかっていないんですか」

そういうことなら話は早い。

「実はまだなんです。なにかご存じありませんか」

「いや……行方不明になった日も、配達中に見かけましたけど、友達と一緒だったので声をかけたりはしませんでした。あっちのほうを歩いてて、私が後ろからバイクで追い抜いたんです。まさかあの後、あんなことになるとは思ってもみませんでした」

簑島は話の途中で覚えた違和感をたしかめるために、森崎を見た。狐《きつね》につままれたような顔と目が合って、直感は間違っていないと確信する。

「そっちを歩いていたんですか」

「ええ。そっちです」

配達員が西にのびる道を見ながら頷く。

「友達と？」

「はい。一人で歩いているときには、こんにちはって声をかけるんです。そしたら向こうも、こんにちはって元気よく返してくれます」

「そっちで間違いないですか」

もう一度、西にのびる道を指さすと、配達員は疑われるのは不本意だとばかりに、眉をひそめた。

「間違いありません。水色のランドセルを背負った男の子と一緒でした」

「簑島さん」

声をうわずらせる森崎に、簑島は頷きかけた。

桜井駿太はこの場所で友人と別れ、西の方角にある自宅まで一人で帰るはずだ。にもかかわらず、新聞配達員は西の方角へ友人と二人で歩く桜井駿太を目撃している。

一緒に帰っていた友人が嘘をついているのか、あるいは、友人たちと別れた後で、別の友人とばったり会ったのか。

いずれにせよ、誰かがなにかを隠している。

3

少年は長くのばした前髪の隙間《すきま》から猜疑心《さいぎしん》たっぷりの眼差《まなざ》しで、取り囲む大人たちを観察していた。

小学校五年生にしては小柄なほうだろう。手脚は細く、大人が軽くひねっただけでぽきりと折れてしまいそうだ。唇はかさかさに乾いて皮がめくれ、端のほうにニキビが潰れたような痕《あと》があった。

「怒らないから本当のことを言ってね」

若い女が、腰を屈《かが》めて少年に語りかける。丸藤《まるふじ》という、まだ大学を出て二年目の担任教師だった。高い理想を瞳《ひとみ》に浮かべ、ハキハキとした受け答えが爽《さわ》やかな印象だが、無理して明るく振る舞っているようで痛々しくもある。

「本当のこと、言ってるし」

少年は唇を尖《とが》らせてふてくされる。

「うん。わかってる。でも、桜井くんのことは心配でしょう」

「それは……そうだけど」

「だから矢尾《やお》くんに協力して欲しいの」

まったく論理的でない説得だと、簑島は思う。大人が大人であるというだけで、子どもに言うことを聞かせようとするような、強引な論理展開だ。

　簑島がいるのは、桜井駿太が通う小学校の教室だった。窓際の席に窓を背にして横向きに座る少年にたいし、隣の席に座って向き合っている。森崎は簑島の後ろの席に座り、丸藤は少年の席の前に立っていた。

　放課後の解放感にあふれた楽しげな声が、校庭から聞こえてくる。少年はときおり恨めしげに校庭を見下ろしていた。

「桜井くんがいなくなった日、放課後に桜井くんがきみと一緒に歩いているところを見たという人がいるんだ」

　森崎の説明は正確ではない。新聞配達員は、桜井駿太が水色のランドセルを背負った少年と一緒だったと言っているだけで、それが誰とは言っていない。

　だが簑島はあえて訂正せずに、少年の反応をうかがった。机の上に載せられた、水色のランドセルが目に入る。

　少年の名は、矢尾遥翔《はると》といった。桜井駿太が親しくしていた数人の中で、唯一、水色のランドセルを使っている生徒だった。

「知らない。あの日は、桜井くんと遊んでいないし」

　遥翔が全身をひねる勢いでかぶりを振る。

「本当に？　矢尾くん、本当のことを言ってね」

　丸藤が先ほどと同じことを繰り返す。

「疑ってるの。僕は本当のことを言ってるよ」

「疑っているわけではないけど――」

堂々巡りしそうな会話に、簑島は軽く手を上げて割って入った。

「すみません。私からもいいですか」

「どうぞ」

丸藤が一歩後ろに下がった。

「遥翔くん。二日前、桜井くんがいなくなった日の放課後、なにをしていたか、教えてくれるかな」

「まっすぐ家に帰って漫画を読んでた」

「誰かと遊んだりは？」

「しない」

「家には誰かいたのかな」

「いない。僕一人だった」

アリバイはない。

「矢尾くんとは、仲がよかったのかな」

頷きが返ってくるかと思いきや、曖昧《あいまい》に首をかしげられた。

「仲は良いでしょう？　いつも一緒にいたじゃないの」

丸藤が頰に焦りを浮かべる。

「よく一緒にいたけど。仲が良いかはわからない」

「よく一緒にいるってことは、仲が良いってことなの」

「そうなの？」

「そう。矢尾くんと桜井くんは、仲が良かったです」

担任教師の断定口調からは、そうあるべきだという強迫観念のようなものが垣間見《かいまみ》えた。

「どういうことですかね」

森崎が腕組みをする。

「矢尾遥翔と桜井駿太の仲が良かったか、ですか」

「ええ。よく一緒にいたことは認めているので、担任教師の目にそう見えていたのは、間違いないと思いますが」

仲が良かったと、矢尾遥翔自身が認めることはなかった。

二人は学校を後にし、次なる聞き込み先に向かって歩いていた。

「あの丸藤という教師が、なにか隠しているんでしょうか」

森崎にはそう映ったようだ。

「あの焦りようを見れば、そう思うのも無理はありませんが、おれは違うと思います。桜井駿太と仲の良い生徒として矢尾遥翔の名前を挙げたのは自分なのに、あの場で否定されたら、生徒の人間関係を把握できていないように映る。警察の前で恥をかかされてしまう。

だから焦っただけではないかと」

「なるほど。えらく張り切ってるけど、なんとなく空回りしてそうな雰囲気がありましたもんね」

森崎が顎に手をあてる。

「だとすると、矢尾遥翔のあの微妙な態度は、どういう意味ですかね」

簑島は歩きながら唇を曲げた。

「素直に考えるなら……いじめ、ですかね」

「周囲から仲良しグループのように思われていたのに、実はいじめっ子といじめられっ子の関係で、傷害事件に発展するというのは、ありがちなケースですな」

だとしたら、と森崎が小鼻を膨らませる。

「矢尾遥翔が桜井駿太を殺した？」

「決めつけるのは早計です」

「そうですね。失言でした。桜井くんは生きていると信じましょう」

森崎は恥ずかしそうに頭をかいているが、正直なところ、簑島も似たようなことを考えていた。

新聞配達員に目撃された水色のランドセルの少年が矢尾遥翔であれば、彼はなんらかのかたちで桜井駿太失踪《しっそう》に関与している。そしておそらく、桜井駿太はもう生きていない。小学校五年生には同級生を殺すよりも、同級生を生きたまま何日も監禁することのほうが難しいからだ。

矢尾遥翔が桜井駿太を殺した。

桜井駿太がいじめる側で、矢尾遥翔がいじめられる側だろうか。いじめに耐えかねた矢尾が桜井をどこかに連れだし、殺した。

「やっぱり、桜井くんは生きている。うん、生きていますよ、きっと」

自分に言い聞かせるような、森崎の口調だった。

4

「いじめていたといえば、いじめてたのかもしれない」

川西紗絵華《かわにしさえか》がそう告白したのは、簑島たちが川西家のリビングに足を踏み入れてから、二十分ほど経ったころだった。

川西紗絵華は、桜井駿太と矢尾遥翔のクラスメイトだった。担任教師よりもクラスメイトのほうが生徒同士の関係がよくわかっているだろうと考え、学級委員の川西を訪ねることにしたのだった。

優等生らしいレンズの分厚い眼鏡を直しながら、川西は言う。

「矢尾くんは何日も同じ服を着ていて、ときどきすごく臭うこともありました。それになんとなく怖いというか、ぜんぜんおもしろくないときにニヤニヤしてたりして、なにを考えているのかぜんぜんわからないところもありました。だからみんな、少しずつ距離を置くようになったというか……私も、そんなことしちゃいけない、ほかの人と同じように接しないといけないって思ってはいたんだけど、できなくて……ごめんなさい」

学級委員らしく、責任感の強い子なのだろう。レンズの奥の瞳が、こころなしか潤んでいる。

川西紗絵華の隣では、彼女をそのまま二十歳ほど老けさせたようなそっくりな顔の母親が、神妙な顔で頷いている。

「では、クラス全体で矢尾くんを無視していたような感じだったのかな」

簑島は極力攻撃的にならないよう、穏やかな口調を意識した。

「無視していたというか、距離を置いていたというか……完全に無視していたわけじゃありません」

「叩《たた》いたり蹴《け》ったりとか、そういうのは?」

言いにくそうにしながらも、川西は頷いた。

「男子がやっているのを見たことがあります。私は注意したんだけど、矢尾は喜んでるからいいんだって。たしかにそのとき、矢尾くんは笑っていました。叩かれたり蹴られたりして嬉《うれ》しいはずがないと思うんです。でも男子は、矢尾はマゾだからいいんだ。叩かれて喜んでるんだ。おまえらにはわからないんだって」

やはりあの若い担任教師には、クラスの抱える闇《やみ》が見えていなかったようだ。

「じゃあ、桜井くんも矢尾くんのことを？」

森崎の質問に、川西はきょとんとした顔になる。

「いいえ。桜井くんは矢尾くんをいじめたりしません。むしろほかの男子が、矢尾くんをいじめるのを止めていました」

森崎が簑島を見る。簑島にとっても意外な事実だった。てっきり桜井がいじめのリーダー格ではないかと考えていた。

川西が二人の刑事の顔を不思議そうに見る。

「ほかのみんなは矢尾くんのことを臭いとか汚いとか気味が悪いとか、そんなふうに言って距離を置いていたのに、桜井くんだけは違って、積極的に矢尾くんに話しかけていました。そんなふうにしているのは桜井くんだけで、すごいなって思ってました。私も同じようにしたかったけど、でもやっぱりちょっと怖くて……」

川西は泣き出してしまった。ごめんなさいごめんなさいと繰り返しながら、次第に嗚咽《おえつ》が激しくなる。とても引き続き話を聞ける状態ではなさそうだ。捜査協力への礼を言い、川西家を後にした。

「驚きましたね」と、森崎が川西家を振り返る。

「桜井くんが矢尾くんをいじめているとばかり……」

「あの女の子がいじめの話を始めたときには、おれもそう思いました」

だが実際には逆だった。矢尾遥翔と距離を置くほかのクラスメイトとは違い、桜井駿太だけは矢尾に積極的に話しかけていた。暴力を振るわれているのを助けたことすらあるという。

担任教師には現実が見えていないようだったが、桜井駿太が矢尾遥翔と仲が良いという点については正しかった。矢尾には桜井を恨む理由がない。

それなのになぜ、桜井駿太が行方不明になった日の放課後、矢尾遥翔は桜井駿太と会った事実を否定するのか。

「新聞配達員が目撃したのは、矢尾くんではなかったのでしょうか」

その可能性は、簑島も考えた。新聞配達員は桜井駿太と一緒にいた少年の人相まで確認していない。水色のランドセルを背負っていた、と言っただけだ。珍しい色なので、水色のランドセルを使用している矢尾遥翔に着目したが、見当違いだったのかもしれない。新聞配達員の記憶違いか、あるいは日がかたむき始めていたせいでほかの色を水色に錯覚した可能性もある。あるいは水色のランドセルを背負っていたのは、矢尾遥翔ではない別の生徒だったか。桜井駿太に近い生徒には水色のランドセルを使用しているのが矢尾しかいないとしても、たとえば別の小学校ならどうだろう。

「いずれにせよ、矢尾くんの家を訪ねてみませんか」

「いまから、ですか」

森崎は意表を突かれたように顎を引く。

「さっきの女の子は、矢尾くんが何日も同じ服を着ているとか、臭うと言っていました」

「たしかにそう言ってました。こう言ってはなんですが、いじめられる側にも理由があるのかもしれないなんて、考えてしまいましたわ。だからといっていじめを肯定する気はまったくありませんよ。どんな理由があろうといじめてはダメです」

後半はどこか弁解めいた口調だった。

「矢尾くんから話を聞いたとき、実はおれも少し引っかかったんです。髪の毛が伸びすぎていたり、スウェットの袖口《そでぐち》が黒ずんでいたり」

「髪の毛は長いと感じましたが、いまの子どもはそんなものなのかと思っていました」

「おれも最初はそう思いました。でもいまの女の子の話を聞いて、やはりあれはそうだったのかもしれないと考え直しました。櫛《くし》で梳《す》いたような感じでもないし、少しべたついているような印象だったので、たぶんおしゃれでのばしているのとは違うと思います」

「そうですか。袖口にかんしては、ぜんぜん気づかなかったなあ」

森崎が感心した様子で、自分のワイシャツの袖口を確認している。

「ええ。ですから、矢尾くんが桜井くん失踪に関係しているのかはともかく、適切な養育環境が整えられているのか、気になったんです。なので捜査本部に戻る前に、ちょっとだけ覗いてみようかと」

「そういうことなら了解です。たしかに気がかりではありますね」

二人は矢尾家に向かって進路変更した。

5

矢尾遥翔が住む都営住宅は、中央線の線路を越えてしばらく南に歩いたところにあった。昭和の時代にタイムスリップしたかのようなクリーム色をした四階建てのアパートだ。この二〇一号室が、矢尾遥翔の住まいだった。

簑島と森崎は階段で二階にのぼった。切れかけた照明の明滅を見上げながら廊下を進み、二〇一号室の扉の前に達する。扉の横の窓は暗いが、奥にぼんやりと光の気配があった。在宅しているようだ。

呼び鈴を押してしばらく待つ。

「はい？」扉の向こうから幼い声が聞こえた。「遥翔くんかな？　警視庁の簑島です。さっき学校で話をした刑事」

ゆっくり扉が開き、例の猜疑心に満ちた上目遣いが現れる。

「なに」

「お父さん、いる？」

遥翔が父子家庭だというのは、担任教師から聞いていた。新宿にある食品の包材関係の商社に勤務しているという。

「いない」

「何時ごろ帰ってくるか、わかる?」

いまは午後八時をまわったところだった。仕事だからしかたがないといえ、毎日こんな時間まで子どもを一人にしておくのは、さぞ心配だろう。

「わからない」

「いつも何時ごろに帰ってくるのかな」

ふてくされたような表情になった。

「知らない」

「知らないってこたないだろう。何時ごろに帰ってくるのか、だいたいでいいんだから——」

森崎を制して、簑島は言った。

「お父さんが帰ってくるまで、中で待たせてもらってもいいかな」

「え」遥翔は明らかに嫌がっているが、大人、しかも警察官という権威相手に反論の言葉が見つからないといった様子だ。

「失礼するよ」となかば強引に玄関に足を踏み入れた。

入ってすぐキッチンがあり、奥が居室になっているようだ。

暗いキッチンを見回す。シンクとコンロ、冷蔵庫、食卓のテーブルは四人がけの大きさだが、父子《おやこ》二人の生活に不要ということか、椅子《いす》は二脚しかない。

男所帯、しかも遥翔が臭いという理由でいじめられたり、何日も同じ服を着ているといった前情報から覚悟したほど散らかってはいないというのが、第一印象だった。だが片付いているわけでもない。シンクの中にはカップラーメンの空き容器がいくつも重ねられていて、玄関先に置いてあるゴミ袋の中身も、ほとんどがカップラーメンの容器だ。二口コンロのうちの一つにフライパンが載っていて、シンクの横の水切りには包丁が一本と皿が一枚。料理をまったくしないわけではないのかもしれないが、皿が一人ぶんしかないのは気になる。

「お邪魔します」

靴を脱いで部屋に上がる。

遥翔は渋々といった様子ながら、刑事たちを奥の部屋に案内してくれた。こちらはわかりやすく散らかっている。六畳の和室には隅に布団が敷かれ、その周囲に漫画本が積み上げられていた。一人暮らしの大学生のようだ。

いちおうちゃぶ台も置いてあり、キッチンの食卓よりもこちらをメインで使用しているのかもしれない。菓子パンの空き袋と炭酸飲料の飲みかけのペットボトルが載っている。

「どうぞ」と、遥翔がちゃぶ台の上を片付ける。ちゃぶ台のそばに座れということらしい。ありがとうと礼を言い、簑島と森崎は畳に膝をついた。

「キッチンでもよかったんだけど」

森崎は散らかった部屋の様子に、頬を固くしている。むしろキッチンのほうにいたいのだろう。潔癖症の気があるのかもしれない。

遥翔はキッチンに消えた。しばらくして湯飲みを手に戻ってくる。

「そんなに気を遣わなくても。でもありがとう」

手にした湯飲みを覗き込み、森崎が真っ青になっている。湯飲みの内側に茶渋がこびりつき、なにかの模様のようになっていた。

簔島は湯飲みに口をつけた。出てくる早さで想像はついたが、市販のペットボトルの茶を注《つ》いだだけのようだ。

「もしかして冷たいの、苦手なの」

遥翔に訊いた。茶は常温だった。

遥翔の黒目だけが動いて、迷惑そうにこちらを見る。二人に茶を出すと、彼は布団の上に寝転び、漫画本を開いていた。

「別に」

これ以上話しかけるなと言わんばかりの、冷たい口調だった。

だがあえて空気を読まない。

「遥翔くん。お父さん、帰ってこないんじゃないの」

遥翔以上に森崎の反応のほうが大きかった。

「本当ですか」

当の遥翔は、睨《にら》みつけるように簔島を見つめている。

「今日は帰ってこないかもね。だから帰って」

「今日だけじゃないでしょう」

カップラーメンと菓子パン、ペットボトルの飲料。一人ぶんの皿。父子二人の食生活とは思えない。その上、メインの居住空間には万年床が敷かれ、その周囲だけで生活が完結するようになっている。

一人暮らしの大学生のようだと感じたが、実際に一人暮らしに近い状況なのではないか。

遥翔がうんざりとした様子でため息をつきながら、布団の上に胡座《あぐら》をかいて座った。

「お父さんは帰ってこないよ。だからなに？」

「どこに行ってるの」

「女の人のところ」

「いつから」

不本意そうに唇を曲げる表情を挟み、遥翔が言う。

「十日ぐらい前」

「そんなに？」

目を丸くする森崎に、遥翔が同情を拒絶するような冷たい一瞥《いちべつ》をくれる。

「いつもそうなのかい」

簑島の質問には、面倒くさそうな頷きが返ってきた。

「短いときはもっと短い。週一で帰ってくるときもある」

「週一って……」

森崎は同情を通り越して困惑した様子だ。

「ちゃんとお金は置いていってくれる」

遥翔によれば、父が帰ってくるのは一週間から二週間に一度、郵便物を確認し、家賃や水光熱費などの固定費を支払い、食費を置いていく。遥翔は料理ができないため、カップ麺《めん》や菓子パンばかりのかたよった食生活になってしまうようだ。

デジャビュのようだと、簑島は思った。仁美から聞いた家庭の状況とほぼ同じだ。男に依存し、育児放棄する母親。仁美はそんな家庭から脱出したが、仁美の弟である亮祐は、邪魔者扱いされて殺されてしまった。

犠牲になるのは、いつだって子ども。

会ったことのない遥翔の父親に、激しい怒りが湧《わ》いた。

「それは寂しいね」

森崎は気の毒そうに訊ねたが、「別に」遥翔はとくに強がっているふうでもない。

遥翔いわく、父親の交際相手はシングルマザーで、自分と同じ年ごろの子どもがいる。驚くべきことに交際がスタートした当初は、お互い子ども連れの四人で食事をする機会もあった。

交際相手の女も、遥翔の存在は承知しているのだ。

遥翔にとってなによりもつらいのは、都営住宅に置き去りにされることではない。四人で過ごすときに、交際相手の気を引こうとした父親が、二人の子どものうち遥翔にだけ厳しく接することだった。同じことをしても、ときには二人で騒いでいても、叱られるのは遥翔だけだった。そんな理不尽な目に遭《あ》うのなら、そして色ボケした父親の情けない顔を見せられるぐらいなら、一人で過ごすほうがマシなのだという。

「かわいそうに」

それは森崎の心からの言葉だったが、少年は不愉快そうに大人を見上げた。

「別にかわいそうじゃない。どうしてかわいそうだと思うの。僕はお父さんが『いい人』になろうとして、ずっと家にいるほうが嫌だ」

「お父さんのことが嫌いなのかい」

「嫌いだよ。たぶんお父さんも僕が嫌い。でも僕は子どもで、まだ自分でお金を稼ぐことができないから、しかたなくお金をあげに来てる。僕は別にこのままでいい。女の人とうまくいかなくなったらこの家に戻ってきちゃうかもしれないけど、そうなっても嬉しくない。いつもイライラして機嫌が悪くて、気に入らないことがあったら叩いたり蹴ったりするんだ」

「叩かれるのかい」

森崎が訊いた。

「叩かれる。痛くて泣いたらもっとイライラして叩いてくるから、楽しくないのに笑わないといけない」

「簑島さん。どうしましょう」

簑島が答えるより先に「どうもしなくていい」と遥翔が言った。

「でも、お父さんから叩かれているんだよね」

「叩いたらダメなの」

「ダメに決まってるじゃないか」

「じゃあ捕まえて牢屋《ろうや》に入れてよ。あと、五年二組のクラスメイトたちも」

思いがけない飛躍に、森崎が言葉を喉《のど》に詰まらせる。

「クラスメイトたちも、僕を叩いたり蹴ったりしたよ。誰も僕を助けてくれなかった。おじちゃんたちが捕まえて、牢屋から一生出てこられないようにしてよ」

「そ、それは……」

それきり黙り込む森崎に替わり、簑島が口を開いた。

「きみはいま、誰も助けてくれなかったって言ったけど、桜井くんは違ったんじゃないのかい」

「うん。そうだね」

「桜井くんはいつもきみに話しかけてくれて、きみがクラスメイトから叩かれたりしているときにも、止めに入ってくれたと聞いた。それは間違いないのかな」

「間違いない。桜井くんはあのクラスで唯一、僕の味方をしてくれた。僕が好きな人だ」

「じゃあ、いなくなって心配だね」

森崎の問いかけには、返答までに不自然な間があった。

「うん、そう。心配している」

嘘だ——簑島は直感した。この子は桜井駿太の行方について、なにかを知っている。

「桜井くんが行方不明になった日、本当は桜井くんと一緒だったんじゃないかい」

長い沈黙があった。

「僕を叩いたクラスメイトや、お父さんを捕まえてくれないの」

「いまはその話をしているんじゃない」

「じゃあ、いつその話をしてくれるの?」

「残念ながら、おじさんたちはその件の担当じゃない」

「担当していなければ、なにもできないの」

問いかけてくる少年のまっすぐな眼差しに、簑島は言葉を失った。この子は話を逸らそうとしているのではなく、素直に疑問を口にしている。

適切な養育環境が与えられていないのではないかという疑念から、この家を訪ねた。悪い予感は当たっていた。少年の父親はたまに帰ってきて食費を置いていくだけで、女の家に入り浸っているようだ。だが少年は家庭環境の改善や父の愛よりも、いじめたクラスメイトの逮捕を望んだ。

遥翔が父親に手を上げられているのであれば、児童相談所に通報するなり、場合によっては逮捕も辞さないつもりだった。それなのに、遥翔に手を上げたクラスメイトのことは、なぜ逮捕できない。

少年が疑問に思うのも当然だった。

「遥翔くん。困らせないでくれよ。おじさんたちも命令されて動いているんだ」

森崎が助け船を出そうとする。

「命令されているの？　誰が命令しているの？」

「そりゃあ、偉い人だよ」

「偉い人がいろいろ決めているの」

「そうだよ。偉い人が決めている。おじさんたちは逆らえないんだ」

「偉い人が決めたからやらなきゃいけなくて、それ以外はやっちゃダメってことなの」

旗色が悪くなってきたのを自覚したのか、森崎の頬が硬くなる。

「人を叩いたらいけないっていうのは、偉い人が決めたの」

「それは違う」

森崎は懸命に自らを立て直そうとしているようだ。

「ならなんで叩いたらダメなの」

「叩かれたら痛いからだよ」

「痛いことはしちゃいけないの」

「自分がされたら嫌だろう？　自分がされたら嫌なことは、人にしちゃいけない」

「だからダメって、偉い人が決めたの？」

「そうだよ」

「でもダメって決まってるのに、人を叩く人はいる」

「それは……困ったね」

　完全に森崎の負けだった。

「なあ、遥翔くん」と、簑島は切り出した。

「おじさんたちは、きみが桜井くんの行方を知っているんじゃないかと思っている」

「知らないよ」

　無視して続けた。

「桜井くんは、きみにとって大切な友達だ。違うかい」

「違わない」

　かぶりを振るしぐさが返ってきた。

「桜井くんのことを、好きだったよね」

　今度は大きく頷く。

「どこにいるか、教えてくれるかな」

　しばらく簑島を見つめていた遥翔が、おもむろに言った。

「僕を叩いた人たちを捕まえてほしい」

「捕まえたら、教えてくれるのかな」

　遥翔がはっと目を見開く。簑島の誘導尋問に気づいたようだ。自分をいじめたクラスメイトを捕まえたら、桜井駿太の行方を教える。その条件を飲むということは、桜井駿太の行方を知っているのを認めることだ。

「教えないし、知らない」

懸命に否定するが、もう遅い。遥翔は桜井駿太の行方を知っていると、刑事たちは確信してしまった。

だがいったいどこにいる?

この部屋に少年を監禁できるようなスペースはない。とはいえ、小学五年生に自宅とは異なる場所を監禁のために用意するのは難しい。

水色のランドセル。いじめ。たまに帰ってきて食費を置いていく無責任な父親。カップ麺と菓子パンの乱れた食生活。殺風景なキッチンと散らかった居間。水切りに立てかけられた一枚の皿と包丁。茶渋のこびりついた湯飲みと常温のお茶……。

まさか——。

ふいに脳裏をよぎった可能性に、慄然《りつぜん》となった。

「失礼するよ」

簑島は立ち上がり、キッチンに向かう。

「待って!」

少年が追いついてくる前に、冷蔵庫の扉を開けた。

そして息を呑《の》む。

「勝手に開けるなよ!」

遥翔の抗議は鼓膜を素通りした。

「どうしたんですか」と、森崎が横から冷蔵庫を覗き込んだ後で、バタバタと慌ただしい音がした。驚いて後ろ向きに転倒し、テーブルと椅子に激突したのだ。

「なんですか、それは！　なんでこんなことに！」

悲鳴のような森崎の声が、暗いキッチンに響き渡る。簑島は身じろぎひとつできないでいた。

簑島は桜井駿太と見つめ合っていた。

冷蔵庫には、切断された桜井駿太の生首が収納されていた。

6

捜査本部に連絡すると言い、森崎が部屋を出て行く。ただ電話をするために外に出る必要はないが、おそらく嘔吐《おうと》するのだろう。口を押さえた森崎の顔は、いまにも倒れそうなほど白かった。

簑島は桜井駿太の大きく見開かれた目から視線を逸らし、冷蔵庫内を検分する。庫内に収納されているのは、頭部だけではなかった。腕や脚と思《おぼ》しき部分が、細かく切断されて収められている。それぞれから流れ出した体液が、底部に粘度の高い水たまりを作っていた。

見ているだけで気分が悪くなるし、いまにも胃の中身を吐き出しそうだったが、懸命に使命感を奮い立たせ、庫内の観察を続けた。

「これで全部じゃないね」

遥翔を振り返り、確認する。冷蔵庫内に収納された部位は、一人の人間を形成するのに不足していた。

返事はない。友人を殺害し、バラバラに解体した疑いのある少年は、勝手に冷蔵庫を物色されたことに抗議するかのような表情をしていた。

冷凍庫の扉を開けてみる。六本のアイスバーが入ったお徳用アイスクリームの箱の横に、ラップにくるまれたブロック肉が無造作に詰め込まれている。

「これは……」

冷凍庫に顔を突っ込むようにしながら、肉塊を凝視する。なにも知らなければ豚肉や牛肉にしか見えないだろうが、これも桜井駿太の肉体の一部だろうか。

「ないよ」

背後からの声に振り返ると、遥翔はふてくされた顔のまま言った。

「そこに入っているのを組み合わせても、駿太くんにはならない」

冷蔵庫内に収納されているのが、遺体の全部ではないらしい。

「じゃあ、どこにあるの」

「ない」

少年はかぶりを振った。

「捨てた？」

「捨ててない」

ならばどこに？　禅問答のような会話に眉をひそめた瞬間、ふいにある可能性が浮かんで全身から血の気が引いた。

「……食べた？」

コンロに載ったフライパンと、水切りに立てかけられた一枚の皿と包丁。カップ麺や菓子パンばかりの食生活でほとんど料理はしないのを差し引いても、食材がない。桜井駿太の肉体以外に。

遥翔はしばらく、無言で簑島を見つめていた。

が、突然両肩を持ち上げ、にかっと笑みを浮かべる。いたずらを見つかったときに、笑って誤魔化そうとするようなしぐさだった。

出会ってから初めて見せる子どもらしい無邪気な顔が、この局面で飛び出したことが、簑島には衝撃だった。

笑って誤魔化せるようなことではない。クラスメイトを殺害しただだけでなく、バラバラに解体して冷蔵庫で保存し、あろうことかその一部を食べたのだ。

「なんでこんなことを……」

「なんで？」

不思議そうに訊き返された。

「だって、桜井くんはきみにとって大事な友達じゃなかったのか」

「大事な友達だよ。みんなは気味悪がって僕に近づかないけど、桜井くんだけは違った。いつも僕に話しかけてくれたし、僕が叩かれたら助けてくれた」

「喧嘩でもしたのか」

「喧嘩はしていない。桜井くんと喧嘩はしない」

「なのになんで」

動機が見えない。桜井駿太は矢尾遥翔をいじめていない。それどころか、クラスで浮き上がる遥翔にとってほぼ唯一の味方ともいえる存在だった。遥翔自身も大事な友達と言っているし、喧嘩もしていない。

「だって桜井くんしか、僕の家に来てくれないんだもの」

最初は遥翔の言わんとすることがわからなかった。

遅れて発言の意図を察し、視界が大きく揺れた。

「誰でもよかった……ってことか」

ただ人を殺してみたい。ただ遺体をバラバラにしてみたい。ただ人を食べてみたい。その欲望だけがあった。

「誰でもよかったわけじゃないよ。桜井くんは優しいから、きっと許してくれると思った。僕は桜井くんのこと、大好きだよ」

まったく悪びれる様子もないのが、ただただ恐ろしい。

――卵が先か、鶏が先か、だよな。

伊武の声が脳に直接語りかけてくる。

――こんな残忍な犯行に至った凶悪犯には、こんな背景がありました。こんなかわいそうな過去がありました。こんなに酷《ひど》い目に遭っていました。だから犯人だけが悪いんじゃないんです。社会全体の問題なんです。それが優等生的な考え方なんだろうが、おれに言わせれば甘いな。現実をわかっちゃいない。

小さな怪物と見つめ合ったまま、簑島は伊武の声を聞いていた。

――怪物ってのは作られるんじゃない。産まれちまうものなんだ。異様だからこそ周囲から疎まれ、気味悪がられ、恐れられ、攻撃される。ガキのころに酷い目に遭ったから怪物になったんじゃなく、もともと他人と違ったから酷い目に遭わされたんだ。だが本物の怪物に接したことのない幸運な人間は、いじめだ、虐待だ、人権侵害だと騒ぎ立てやがる。もしもてめえらのガキが平気な顔で万引きしてきたり、近所の野良猫を殺しまわっていたり、抵抗できない幼児を捕まえて公園のトイレかなんかで玩具《おもちゃ》にしてるなんてことがわかったところで、どうせなんもできやしねえし、てめえの子どもが怖くなるだけのくせしてな。たまたま怪物が近くにいて怖がってる親やクラスメイトには、虐待するないじめるな、悪いことしても更生に導けって無責任な言葉を吐く。怪物ってのは生まれながらの怪物だから、改心するとか更生するなんてありえない。それなのに無理に変えようとすれば、周囲の人間が疲弊して不幸になるだけだ。他人事《ひとごと》だからって、できねえことを要求してんだよ。優等生で人権派の簑島朗くんだって、目の前のガキを見ればわかるだろ。こいつは怪物だ。人を殺したい殺したいってむずむずしながら生きてたんだ。だから父親にもクラスメイトにも気味悪がられて、距離を置かれたりいじめられたりした。

そんなことはないと、簑島は声に出さずに反論する。父親に養育放棄され、クラスメイトにいじめられた不幸な境遇が、この少年の心を壊したのだ。

――そういう意味では、この子も被害者です……ってか。つくづくお人好しだなあ、簑島くんは。ここまで来たらお人好しを通り越して、おバカさんかもしれない。

ケタケタと甲高い笑い声を聞いて、こいつは伊武ではないとあらためて思う。伊武はこんな笑い方はしなかった。だが脳に直接語りかけてくるこの声が伊武でないとすれば、いったい何者だ。自分の人格が分裂しているだけなのか。おれは日に日に狂っているのか。

――そう思いたいなら、そう思えばいいんじゃないか。なんの恨みもない、むしろ恩しかない友人を殺して食った少年の更生を、せいぜい願うがいい。だが忘れるなよ。その甘さが、明石陽一郎みたいな怪物を増長させるんだ。

明石は無実だ。

――そうだったな。だが無実じゃないだろ。人を一人殺してる。おれに言わせりゃ、一人殺せるやつは何人だって殺せるから全員死刑でいいと思うがな。ともかく、おまえの目の前にいるガキに更生を期待しちまう甘さが、将来の被害者を生み出す。おまえの恋人を殺した犯人だって、ガキのころに悪さを働いて、ガキだからって理由でお目こぼしをもらっているかもしれないぞ。

だったらどうすればいい。少年にも成人と同じ裁判を受けさせろというのか。

──そんなまどろっこしいことしてんなよ。目の前に怪物がいるんだ。まだガキだが、一人殺してる。それでもまだ一人だ。将来、二人目の被害者が生まれるかどうかは、おまえ次第だ。

おれにこの子を殺せというのか。

──警察官だろう。街の治安と市民の安全を守るのが、おまえの仕事だ。

警察官が法を無視して私刑を行えば、それこそ治安はめちゃくちゃになる。

──いつまで綺麗事《きれいごと》言ってやがる。その法ってやつは完璧《かんぺき》なのか。法の裁きで満足している殺人被害者遺族なんかいるのか。

いいか、と伊武が声を落とす。

──法ってのは善良な市民や犯罪被害者を守るものじゃあない。犯罪者を守るためにあるんだ。考えてもみろ。人を一人殺しても、しばらく服役してれば、罪を償ったことになる。二人以上殺して死刑判決を受けても、刑が執行されるまでには何年、下手したら何十年もかかる。その間、死刑囚は衣食住を保証された安全な環境で暮らしていける。中には寿命まで税金で生きながらえるやつだっている。

そこから伊武の気配が、さらに近づいてきたように感じた。

——殺せ。

耳もとに息吹を感じたような気がして、ぞわりと全身の毛が逆立つ。

殺せない。殺せるわけがない。

頭の中で必死に抵抗するが、伊武の存在感はさらに大きく、濃くなる。

——殺せ。相手は人間じゃない。人間の姿をした怪物だ。

無理だ。

——いまのうちだ。いまならまだ、おまえの腕力でも簡単に殺せる。両手で細い首をつかんで、ぎゅっとひねっちまえばおしまいだ。

嫌だ。

——殺せ！

やめろ。

——殺せ殺せ殺せ殺せ殺せ殺せ殺せ殺せ殺せ殺せ殺せ殺せ殺せ殺せ殺せ！

肩に手を置かれ、我に返った。

簑島の両手は、いまにも少年の首を絞めようとしていた。

弾《はじ》かれたように振り返ると、その動きに驚いたように森崎が全身を震わせる。

「どうしました」

「いや……」

息が激しく乱れ、背中が汗ばんでいた。

かたや矢尾遥翔は、無表情で簑島を見つめている。簑島のやろうとしていたことはわかっていただろうに、恐怖を感じている様子はない。むしろこの場で自分の人生が終わらなかったことに、落胆しているようだった。

「捜査本部に電話してきました。大至急、鑑識をこちらに向かわせるそうです」

「ありがとうございます」

手で顔を拭《ぬぐ》うと、汗のしずくが床にしたたり落ちた。

「大丈夫ですか、簑島さん。外の空気でも吸ってきますか」

バラバラ死体を目にしたことで、気分が悪くなったのだと解釈したらしい。誤解だが好都合だ。厚意に甘えることにして外に出た。

ふたたび両手を見る。

耳を澄ませても、もう伊武の声は聞こえない。

両手の指を曲げたりのばしたりして、その機能をたしかめる。

この手は簑島の意思を無視し、伊武の命令に従っていた。

いや、伊武は存在しない。簑島が生み出した幻覚だ。だとすれば、伊武の思考も言動も、簑島の一部ということになる。つまり、少年を殺せという伊武の命令も、簑島の潜在意識から発せられているのか。

「怪物……」

伊武はそう言った。怪物は生まれながらに怪物だと。

自分の中に巣くう怪物も、同じだろうか。

7

「聞いたぞ。ご活躍のようだな」

椅子を引きながら、明石が唇の端を軽く持ち上げる。椅子に腰をおろし、懐かしそうに虚空を見上げた。

「ガキのころ、蛙《かえる》の尻《しり》の穴に爆竹を詰めて、破裂させて遊んでいる同級生がいた。そいつは蟻《あり》の脚を一本ずつむしったりもしていた。無邪気に殺戮《さつりく》を愉《たの》しんでいたんだ」

「なにが言いたい」

先の小学校五年生による殺人事件に関係しているのだと思うが。

「殺戮の模様を自慢げに話したり、他人に見せたりするあいつに、おれは子ども心にドン引きした。こいつは頭がおかしい。いつかきっと人を殺してニュースになる。そう思った」

「ニュースにはなったのか」

「いいや。どこかの段階で、人間の情緒を学習したということだろう」

しばらく考えて、簑島は口を開いた。

「もしかして、おれのことを慰めているのか」

「慰めて欲しいことでもあるのか」

「いや」

「なら違う。おれもおまえを慰めるつもりはない」

小学校五年生が同級生を殺した。しかも殺された児童を恨んでいたわけではない。むしろ好いていた。ただ純粋な興味と欲望に突き動かされた結果だった。事件は大きく報じられている。

「矢尾遥翔の父親は、ずいぶんとバッシングされているようだな」

未成年である矢尾遥翔の名前は伏せられ、少年Aとしか報じられていない。望月か碓井が調べた情報を、明石に伝えたのだろう。

「息子の養育放棄をして、女のところに入り浸っていたんだから当然だ」

父親の愛情が不足していたことが、息子を殺人に走らせたという論調が、報道の大勢を占めていた。

「逆の場合もあると思うが。父親は悪魔を持て余していた。自分の遺伝子を受け継いでいるとはいえ、人を殺してみたいなんていう願望を抱いた息子に無償の愛を注ぎ続けるのは難しい。むしろ遺伝子が共通しているだけに恐ろしいかもしれないな。自分の奥底に潜む暗い願望を可視化されたみたいで」

さすがだと、簑島は思う。

矢尾遥翔の父親は警察の取り調べにたいし、息子が怖かったと答えている。遥翔がもっと幼いころ、ハムスターを飼いたがったことがある。犬猫はお金もかかるし飼育も大変だが、ハムスターならいいだろうと買い与えた。ハムスターは数日後、ケージの中で四肢を切断されていた。当然、叱った。命の大切さについて懸命に説いたつもりでも、息子にはまったく響いていないようで、わかったからまたハムスターを買ってくれと要求した。いつかこうなる気がしていたと告白しながら、父親は悄然《しょうぜん》としていた。

「悪魔は生まれついての悪魔なのか」

簑島は訊いた。

伊武いわくの「怪物」を、明石は「悪魔」と表現した。

明石はしばらく考えてから答えた。

「あくまで主観に過ぎないが、おれにはそう思える。人間は生まれながらに、善性の素養の大きさは決まっている。共感力の高い優しい人間もいれば、まったく他人に共感できない冷酷な人間もいる。それは生まれ持った性質で、一生変わることはない。素養があれば後天的に思いやりを獲得することもありうるが、素養がなければいくら大人や周囲の人間が頑張ったところで無駄だ。教育というのは、悪魔に冷酷さを隠す手段を学ばせることだと思う。悪魔は善性を獲得しないが、冷酷さを隠して善人のように振る舞うことができるようにはなる。さっき話した蛙や蟻の生命を玩具にしていた同級生も、心を入れ替えて善人になったのではなく、善人のように振る舞う方法を学んだのだろう」

「極論だな。人は変われないのか」

「変わらないさ。変われるというのは、変わって欲しいと願う人間の作り上げた幻想だ」

「それなら犯罪者が服役する意味はないな」

「あると思うか。警察官の立場で、再犯率の高さを目の当たりにして」

両手を広げるしぐさが、芝居がかっている。

「だがその無意味なシステムのおかげで、おれは生き永らえていられる」

たしかに皮肉だと思う。簑島は小さく笑った。

ふいに明石が、瞳に寂しげな光を宿した。

「これまでの協力に感謝している」

「なんだ。あらたまって」

まだ芝居が続いているのかと思った。

「もう、ここには来なくていい」

簑島が声を取り戻すまで、たっぷり十秒を要した。

「なにを言い出す」

「諦める。もう、おれの無実を証明してくれなくていい」

「なにをいきなり――」

前のめりになり簑島の前に、明石の右の手の平が差し出された。

「いきなりではない。ずっと考えていたことだ」

長い沈黙が訪れた。刑務官の咳払《せきばら》いが、やけに大きく響く。

「傷害致死が原因か」

「傷害致死じゃない。あれは殺人だ」

自ら訂正し、明石は続ける。

「それだけが原因じゃない。おれは救われるに値しない人間だ。たくさんの人間を不幸にしてきた。これ以上、結末の決まった人生に他人を巻き込みたくない」

「おまえがよくても、おれはよくない」

簑島はこれまで抱えてきた迷いを吹っ切って言った。明石の犯した過ちは少なくない。明石のせいで不幸になった人間もいるし、明石のせいで命を落とした人間までいたことが、明らかになった。

だがやはり、人は自らの犯した罪で裁かれるべきだ。

「おまえが諦めて、死刑囚の汚名を着たまま逝ってしまったら、ストラングラーの被害者はどうなる。おまえに殺されたことになっている、四人の被害者の無念はどうなる。おれは真実を知りたい。真生子を殺した真犯人を、この手で捕まえたい」

「その復讐心すら、おれは利用した。復讐心を利用して、あんたを味方につけた」

「知ってるさ」

東京拘置所に通い始めた当初は、明石の手の平で転がされている感覚があった。利用されているのはわかっていたが、真相を知りたい気持ちが勝った。

だがいま、簑島は巻き込まれてよかったと思っている。明石を恨むことで自らを慰めていたら、心に波風が立つこともなかった。だが憎しみを向けるべき相手はほかにいた。そのことに気づいたとき、目の前の霧が晴れた感覚だった。いまは、なんとしても真相にたどり着きたい。真犯人を捕らえることができれば、ようやく自分の中で事件に区切りがつけられる。

「これ以上、壊れていくあんたを見ていられない」

簑島は息を呑んだ。

明石が目を細める。

「真実を知るたびに、あんたは壊れていく」

「なにを……」

簑島の弁明を聞くつもりはなさそうだ。

「本当は最初からわかっていた。刑事になったあんたが、ここに訪ねてきたときから。十四年前の事件にいまだに強い怒りを抱え、それを原動力にしているあんたには、利用価値がある。あんたはおれを激しく憎んでいたが、逆にあれほど激しく憎んでいなければ、おれの冤罪の訴えに耳を貸さなかっただろう。おれはあんたを利用して無実を証明するつもりだった。その過程であんたが傷つき壊れるだろうことは、承知していた。なにしろこれまで信じてきたものを根底からひっくり返していく作業だ。まともじゃ耐えられない。あんたが壊れるのはわかっていた。わかった上で、使い捨てにしようとしていた」

「それで……」簑島は言葉を継いだ。

「それでかまわない。真実が明らかになるのなら、過去に決着がつけられるのなら」

「自分が壊れてもかまわないっていうのか」

「そうだ」

「バカを言うな。未来を犠牲にしてまで、知る価値のある過去などない」

「おれは……」膝《ひざ》の上でこぶしを握り締める。

「おれの時計は、十四年前で止まったままだ。時計を進めなければ未来なんてない」

「針を進めるために必要なのは、自分を壊してまで過去を知ることじゃない。過去を知ることへの執着を捨てることだ」

「いまさらそんなことを言うのか」

「悪かったと思っている。巻き込んですまない」

頭を下げる殊勝な態度が明石らしくなくて、余計に腹立たしい。

「ふざけるな！」

簑島は立ち上がり、アクリル板からせり出したテーブルをこぶしで叩いた。

明石の奥に控えていた刑務官が顔を上げる。

明石は振り返り、大丈夫という感じで頷いてから、簑島に向き直った。

「懐かしいな。最初にここを訪ねてきたときも、あんたは同じ台詞を吐いて同じことをした」

よく覚えている。無実を証明する手助けをして欲しいと言われ、怒りのあまりテーブルをこぶしで叩いた。だがいまは、言動は同じでも意図はまったく逆だ。無実の証明を諦めようとする明石に憤っている。

　明石が簑島を見上げた。

「望む望まないにかかわらず、人はいつか死ぬ。絞首台に乗せられなくても、急に心臓が止まって死ぬかもしれない。あんただってそうだ。拘置所を出たとたんに暴走車両に撥《は》ねられて死ぬかもしれないし、大地震が起きて、おれたちみんな死んじまうかもしれない。犯罪被害に遭わなくたって、絞首台で吊されなくたって、必ず死ぬんだ。地球上に生きている何十億の人間は、いずれみんな死ぬ。その運命からは逃れられないし、その運命だけにおいて、人間は平等だ。そう考えると、死ぬことが不幸なのではない。生きていることが奇跡であり、幸運なんだ」

「宗教にでもかぶれたか」

「死刑囚になるのは、宗教に入信するのに似ている。強制的に死に向き合わされる。死に向き合えば、生について考えざるをえなくなる」

　明石が笑っても、簑島は笑わなかった。

　真顔に戻った明石が椅子を引く。

「逃げるのか」

　簑島の挑発にも乗ってこない。

「逃げるんじゃない。運命に向き合う覚悟ができた。これまでの協力、感謝する」

明石が軽く手を上げて合図を送ると、刑務官が立ち上がった。

8

ふいに視界が明るくなり、意識が戻った。

福村乙葉《ふくむらおとは》は激しく咳《せ》き込みながら、どうしてこうなったのかを思い出している。

たしかネット経由で予約が入ったのだ。そのとき、乙葉は蒲田駅近くのカフェにいて、スマートフォンでゲームをしながら時間を潰していた。Ｗｉ－Ｆｉ使い放題で電波状況も良いその店は、乙葉のお気に入りスポットになっていた。

乙葉の所属するデリバリーヘルス店には待機所がない。出勤可能な日は蒲田駅近くまで来て、思い思いに過ごしながら指名が入るのを待つ。指名が入ったら店から電話がかかってきて、客から指定された場所へと向かうのだ。客元への移動は電車が基本で、客が料金を負担すればタクシーになる。前の店には待機所があって専属ドライバーが送迎してくれたが、いまの身軽に動けるシステムのほうが、乙葉の性に合っていた。

今度の客は新規だった。サイトウという名前で、武蔵新田《むさしにった》駅から徒歩五分ほどの場所にあるアパートを指定された。おそらく偽名だろうが、自宅呼び出しなら常連になる可能性がある。自宅に呼び出す客を嫌がる女の子は多く、中にはＮＧにしている者もいるが、乙葉は平気だった。中には散らかった不潔な部屋もあるが、自宅に呼び出す時点で、身元が保証されているようなものじゃないか。ラブホテルに行かされるより、よほど安全だ。

乙葉はカフェの洗面所で入念に化粧直しをし、東急多摩川《とうきゆうたまがわ》線の先頭車両に乗り込んだ。

指定されたアパートは単身者向けのワンルームだった。客のサイトウはがっしりした体躯《たいく》の、四十歳前後の男だった。それなりに貫禄《かんろく》があるのに、こんなみすぼらしいアパートに住んでいるのかと、少し哀《あわ》れに思った。乙葉が借りている新宿のマンションより小さくて古いし、実際、隣の部屋に住んでいるのは学生ふうの若い男女のようだった。

部屋に足を踏み入れた瞬間、乙葉はぎょっとなった。六畳ほどのフローリングの部屋には家具がいっさいなく、隅のほうにシングルのマットレスが置かれているだけだった。

引っ越してきたばかりなんだと、サイトウは恥ずかしそうに頭をかいた。関西から単身赴任してきたのだという。そういうことかと納得した。いい年をしてこんなところにしか住めないのかと哀れんだが、この狭い部屋は、サイトウにとってかりの住まいに過ぎない。

それにしても家具を揃《そろ》える前にデリ呼ぶなんて、よほどスケベなんですね。男はみんなスケベだよ。それはそうかもしれないけど、まず最低限必要な家電くらい揃えるでしょう。最低限必要な家電ってなに？　冷蔵庫とか洗濯機とか。すぐそこにコンビニあるから冷蔵庫いらないし、コインランドリーも駅の向こう側にあったよね。そういえばそうだ、ならデリ呼んでもいっか。そうそう、東京の女の子がどんなもんか、興味あったんだ。残念、私は岩手《いわて》の出身でした。なんだー残念。プロフにちゃんと書いてあったけど？　そうだっけ、写真しか見てなかった。エッチ、でも写真見て選んでくれてありがとう、今日は気持ちよくできるよう頑張るね。

そんな会話をしながら服を脱がせ合い、狭いユニットバスでシャワーを浴びた。イソジンで口腔内《こうこう》を消毒し、ボディソープで身体《からだ》を洗い、濡《ぬ》れた身体をバスタオルで拭《ふ》き上げてからバスルームを出た。

マットレスに向かい合って座り、舌を絡め合いながら押し倒された。サイトウの舌が首筋を這《は》い回るのを感じながら天井を眺め、隅っこの壁紙が剝《は》がれかけているなどと考えながらも、すっかり板についた艶《つや》っぽい声を出す。

するとふいに、首になにかが巻きついた。

なにこれ。

思ったが、言葉にする前に声帯が圧迫されて声が出せなくなった。ロープ状のもので首を絞められていた。

なんでなんでなんでなんで？

懸命に首をひっかきながら、頭の中は疑問符で埋め尽くされていた。サイトウは乙葉に馬乗りになり、ロープを引く両手に力をこめている。必死の形相だが、やけに楽しそうなのが恐ろしい。

この男に殺されようとしている。状況からそう理解せざるをえないが、信じられない気持ちも残っている。なにしろここはサイトウの自宅だ。乙葉を派遣した店側だって、このアパートの住所を把握してる。一二〇分コースが終了し、乙葉からの連絡がなければ、店から強面《こわもて》のイワミさんという元ヤクザのボディガードがここにやってくる。イワミさんはサイトウが扉を開けるまでノックを続けるだろう。それでも万が一、サイトウが扉を開けなかったら、最後は警察の出番だ。

身元は完全に割れている。サイトウというのは偽名かもしれないが、だからって素性を隠しきれるわけではない。この部屋の賃貸契約書には、当然本名で署名捺印《なついん》されているはずだから。

なのになぜ——。

そんなことを考えるうちに意識が飛んだのだった。視界が暗転する瞬間に身体が沈み込む感覚があり、たぶん自分は死ぬんだと思ったのに。

生きている？

激しく咳き込むこの胸の苦しみこそが、そのあかしだろう。乙葉は死の淵から生還したのだった。

涙で滲《にじ》む視界に、人影が映る。

サイトウだった。

「よかった。大丈夫かい」

乙葉の無事を心底喜ぶような口調に混乱する。どうして？　私を殺そうとしたんじゃないの？

ともあれ助かったようだ。乙葉は泣きながらサイトウに抱きつこうとした。

が、ふたたび首にロープ状のものが巻き付けられる。

「やだやだやだやだ。お願――」

気道が締まり、声が出せなくなった。

サイトウは小鼻を膨らませ、荒い息を継ぎながら笑っていた。

第四章

1

アパートの扉を開くと、体液や腐臭の混じった嫌な臭いが鼻をついた。

それでも簑島は表情を変えることなく、玄関の低い段差を越えて部屋に上がった。靴にはビニールのカバーがかけてある。

壁際のマットレス以外には、なにもない六畳のワンルーム。

単身者向けのただでさえ狭苦しい空間に、先に到着した捜査員たちがひしめいていた。

窓にはカーテンが取り付けられていないのに、やや薄暗い。磨《す》りガラスの向こうには、隣のマンションの壁らしき薄いピンクが見える。すでに遺体は搬出されたにもかかわらず色濃く残る死の香りは、この日当たりと風通しの悪さが原因らしい。

簑島はマットレスに歩み寄った。白いマットレスの表面には、うっすらと人型の染みが残っている。

簑島は人型に合掌し、そばにいた捜査員を捕まえた。簑島と同じくらいの年代に見える、現場を所轄する北馬込署刑事課の刑事だ。

「ここは空室だったと聞きましたが」

「ええ」男は捜査一課の刑事に声をかけられ、緊張したようだった。本題の前に自己紹介をすべきかどうか迷うような不自然な間があったが、訊《き》かれたことだけに答えると決めたらしい。

「八部屋あるうち、この部屋だけ現況空室でした。家主は田中源治《たなかげんじ》という人物で、ここだけでなく一帯に多くの不動産を所有しています」

「犯人は空室に潜り込み、住人を装って風俗店から女を呼び出したということですが」

「そうみられています。店への予約はネット経由で行われたということです」

「どうやってこの部屋に」

簑島は室内を見回した。

空室といっても施錠はしていただろう。扉や窓にこじ開けた形跡はない。

「それははっきりしています」と、男の声に少しだけ力がこもった。

「この部屋の鍵《かぎ》を入れたキーボックスが、水道メーターのパイプに引っかけられていました。これぐらいのプラスチック製の箱です」

「これぐらい」のところで、両手を合わせて大きさを示す。おにぎりぐらいの大きさのようだ。

「キーボックスはダイヤルで解錠する仕組みになっていました。四桁《けた》の暗証番号が設定されていて、ダイヤルを合わせて解錠し、中のものを取り出します。この物件の管理業者によれば、ほかの仲介業者から内見したいという申し出があれば、暗証番号を伝えることになっていたそうです」

「誰《だれ》でもこの部屋に出入りできたということですか」

そういうシステムがあるとは知らなかった。

「私も驚きましたが、暗証番号は不動産仲介業者同士でしかやりとりされず、内見希望者に直接伝えることはないそうです。内見はあくまで業者立ち会いのもとで行われ、客だけが出入りすることはないという話でした」

「しかしなんらかの方法で暗証番号を知ることができれば、部外者でも出入りできた」

「そういうことになります」

まずはこの部屋を内見した人物と、その人物を仲介した不動産業者の洗い出しをするべきか。この物件を直接管理している業者の社員は、全員がキーボックスの暗証番号を知りえるわけだから、そこから漏れる可能性もある。

捜査プランを考えていると、今後は逆に質問された。

「もしかして、ストラングラーの仕業でしょうか」

簑島も考えていたことだった。

被害者が風俗嬢、ロープ状のもので絞殺するという手口。しかも遺体には首を絞める力を緩め、蘇生《そせい》をこころみた痕跡《こんせき》まであった。しかしこれまでストラングラーの犯行とされるものは、すべて現場がラブホテルだった。その点が今回と異なる。裏を返せば、それ以外は手口が一致している。

「決めつけるのは早計かと思いますが、一連の事件との関連も考慮した上で——」

なんの答えにもなっていない玉虫色の回答を言い終える前に、別人の声が割り込んできた。

「ストラングラーですよ、間違いなく」

簑島ははっと息を呑《の》む。発言の内容でなく、発言者の声に聞き覚えがあったからだった。いかにも向こうっ気の強そうな、凛《りん》とした芯《しん》のある女性の声。

「おまえに訊いてるんじゃない」

男の捜査員が、会話に加わってきた後輩を咎《とが》める。

「でも間違いないです。簑島さんもたぶん、そう思っているかと」

「なんでおまえにそんなことがわかるんだ。それより周辺の防犯カメラの設置状況の調べはついたのか」

「駅からここに至るまでの道中、二カ所に街頭防犯カメラが設置されていました。もっとも、ホシが電車を使っていないのであれば、意味はありませんけど」

「調べてみないとなんとも言えないな。映像の取り寄せは」

「町会長さんにお願いして手配済みです」

二人のやりとりを、簑島はなかば呆然《ぼうぜん》としながら眺めていた。

女がふいにこちらを見上げ、軽く会釈をしてくる。

「お疲れさまです、簑島さん」

「ああ」としか言えない。かける言葉も浮かばないまま、しばらく女と見つめ合った。

それが一時期は頻繁に顔を合わせていた北馬込署刑事課・矢吹加奈子との、二か月ぶりの再会だった。

2

「はい。どうぞ」

加奈子が缶コーヒーを差し出してくる。

「ありがとうございます」

財布を取り出そうとする動きを、「いいですよ、これぐらい」と手で制された。

「でも……」

「たいした給料じゃないけど、人に缶コーヒーをご馳走《ちそう》するぐらいはいただいています。寮住まいだから毎月貯金もできてますし」

「なら遠慮なく」

「どうぞ」

簑島はプルタブを起こし、コーヒーをひと口飲んだ。

二人は大森《おおもり》駅近くの公園にいた。

殺人現場となったアパートを管理する不動産業者への聞き込みを終えた後で、「喉渇《のど》いちゃったし、ちょっと一服しませんか」と加奈子が言い出したのだった。

「タバコ、吸うんですね」

おもむろに加奈子が電子タバコを取り出したので驚いた。

「すみません。嫌いでした?」

慌てて電子タバコをしまおうとする。

「別に。おれも吸いますし」

「そうだったんですか。じゃあ、簑島さんもどうぞ」

「いや。おれは紙巻きタバコ派なので」

ああ、と加奈子が同情する顔つきになる。

「紙巻きタバコだと吸う場所ないですよね。かわいそう」

口から白い煙を吐き出す加奈子を見ながら、考えてみればこの女のことをなにも知らないと思う。

加奈子が言った。

「内見者からたどるのは厳しそうですね」

アパートを管理する不動産業者によれば、現場となった部屋が空室になったのは八か月ほど前のことだ。店子《たなこ》だったバンドマンが夢を諦《あきら》め、田舎に帰ることになったのだという。以来、内見申し込みは十数件。いずれも成約には至っていない。相場より少し高めに設定された家賃の値下げに大家が応じようとしないためだと、管理業者は嘆いていた。

内見は管理業者が直接客を案内する場合もあるが、ほかの不動産仲介業者を通じて問い合わせがあった際には、キーボックスの暗証番号を伝えて勝手に内見させる。その際、管理業者は内見者はおろか、仲介業者と顔を合わせることもない。いずれにせよ、内見の問い合わせがあったという記録は残していないので、いつ、どこの業者を通じて誰が内見したのかわからないらしい。意外といい加減なものだと驚いたが、管理業者いわく、単身者向けの物件では珍しくもないらしい。

「ストラングラーの仕業だと確信しているみたいでしたね」

現場で会ったとき、加奈子は自信たっぷりにそう言った。

「これを見てください」

加奈子はスマートフォンを操作し、液晶画面をこちらに向けた。

若い女の写真だった。赤いブラジャーとショーツだけしか身につけておらず、軽く首をかしげてこちらに顔を向けている。顔全体にぼかしがかけられていて、人相はわからない。

加奈子がなにを言わんとしているのか、簑島は即座に理解した。

「似てるでしょう？　これまでのストラングラーの被害者に」

「たしかに」

彼女が開いているのは、被害者が所属していたデリバリーヘルス店のホームページだ。顔をぼかした女性はミミという源氏名で紹介されているが、遺体で発見された福村乙葉だろう。

ストラングラーの被害者とされる四人の女性は、遺体で発見された時点での容姿こそバラバラで、共通点はないと思われた。しかし彼女たちの所属する店のホームページに掲載された写真の印象は、非常に似通っていた。ロングの黒髪に白い肌。溌剌《はつらつ》としているよりは、落ち着いた大人の雰囲気。

だからストラングラーは風俗店のホームページから標的を選んでいるというのが、明石の見解だった。二度目に東京拘置所の面会室を訪ねたときに聞かされた推理だ。

ふっ、と笑いを漏らした簑島に、加奈子が首をかしげる。

「すみません。なんでもありません」

あれからいろんなことがあった。ありすぎた。そのせいで遠い昔のように思えるが、まだ一年も経《た》っていない。

「最近、明石には？」

簑島の問いかけに、加奈子の表情が曇った。

「無実の証明は諦める。だからもう面会に来るなと言われました」

「きみもですか」

「簑島さんも？」

「ええ。望月もです。もう来ないでいいと言われたと泣きそうになっていました。仁美さんとの面会も拒んでいるようです」

「そうですか……そういう状況なら、私なんかにできることはありませんね」

加奈子がため息とともに、白い煙を吐き出した。それから顔を上げ、簑島を見る。

「簑島さんは、どう思っていますか」

「どう……って」

「明石さんに救う価値はあると思いますか。連続殺人については無実でも、一人の生命を奪い、当時の警察が事件性なしと判断したのをいいことに、罪から逃れようとした人を」

「おれは、他人の生命の価値を決められるようなたいそうな人間じゃありません。そもそも他人が生きるべきか、死ぬべきかを決められる人間なんていない」

人間が作った法律で人間の行動を制限したり、罰したりといった仕組み自体、歪《いびつ》なのかもしれない。だから法といえども完全ではない。一人殺してもセーフで、二人以上ならアウト。だとしたら、一人だけ殺した殺人者の手にかけられた被害者の生命は、結果的に軽んじられていることになりはしないか。それならどうするべきなのか。一人殺した時点でアウトにすればいいのか。

考えれば考えるほど、思考が迷宮入りする。死に強制的に向き合わされることで、宗教に入信するのと同じことになると、明石は言った。その通りかもしれない。以前の自分なら、一刻も早く明石の死刑を執行すべきだと主張しただろう。だが念願叶《かな》い、明石がこの世から消えた後で、伊武の不正工作を知ってしまったら？　連続殺人のうち一件の発生時刻と同じ時間に、明石が別の場所で別の人間の生命を奪っていることを知ってしまったら？　真実が明らかになるほど、臆病《おくびょう》になっていく感覚が、簑島にはあった。

法は完璧《かんぺき》ではない。

人は過ちを犯す。

だからこそ――。

「だからこそ、現行法は厳格に運用されるべきです。明石の生命の価値を測ることはできないし、他人の生命の価値を測る資格のある人間などいません。少なくとも、明石は自分のやっていない罪で罰を受けています。明石に余罪があって、結果的に死に値する罪を犯していたとしても、いま与えられている罰は、本来明石が受けるべきものではありません」

「ですよね」と頷《うなず》く加奈子の表情にも、生命力が戻っていた。

「私も同じです。どうせ悪いやつだからという感情論で、冤罪《えんざい》を看過するわけにはいきません。そもそも冤罪が成立するなら、真犯人は罰せられることもなく、なに食わぬ顔で日常を送っているんだし」

「そして明石に罪を着せた犯人が、十四年の時を経てストラングラーになった」

「今回もストラングラーの犯行」

「それはまだ早計です」

簑島は小さく噴き出し、加奈子も笑った。

「でも手口が一緒です」

「完全に同じではありません」

「犯行現場ですよね。これまでのストラングラーの犯行の現場は、すべてラブホテルだった」

「今回はアパートの空き部屋」

「違うのはそれだけです」

「そこが違えば、じゅうぶんに別人の犯行を疑う余地になります。結論ありきで推理を進めるのは危険です。そういう考え方が冤罪を作り出します」

ぐうの音も出ないという感じで、加奈子が唇を歪《ゆが》める。

「なら、また模倣犯ですか」

「わかりません。ストラングラーが手口を変えたのかもしれないし、ストラングラーの手口を真似《まね》た模倣犯かもしれない。どちらも検討する必要があります」

「ストラングラーだと思うんですけどね」

相変わらず強情だ。だが刑事に必要な素質でもある。

「ところで、矢吹さんに一つ話しておきたいことがあります」

「なんですか」

簑島のあらたまった物言いに、加奈子が身構える。

「捜査一課の同僚に、明石に面会していることを知られました」

「本当ですか」

加奈子が目を丸くする。

「伊武さんの事件の専従捜査員で、ずっとおれのことを疑っていたようです。東京拘置所まで尾行されていました」

加奈子は口を半開きにしたまま固まっている。

「……それで？」

しばらくしてようやく声を取り戻したようだった。

「ぜんぶ話しました」

「ぜんぶ？　ぜんぶって、ぜんぶですか」

「ぜんぶはぜんぶです。おれが明石の無実の証明に協力していること、明石逮捕の際に行われた不正工作に、外山さんが気づいたこと、それが原因で外山さんは伊武さんに殺されたこと。そのことを追及しようとしたタイミングで、伊武さんが撃たれたこと。伊武さんを撃ったのは、おそらく警察官関係者だということ……ぜんぶ」

でも、と付け加えた。

「矢吹さんのことは話していません。それでも、それぐらいはすでにつかんでいるかもしれませんが」

以前に小学校の運動会の会場で無差別殺人を行おうとした少年を取り押さえるときに、加奈子に協力してもらった。なぜか現場に居合わせた捜査一課と所轄のコンビを、同僚たちは男女の関係にあると誤解したようだった。あのとき、有吉と久慈はむしろ犯人を取り押さえた望月と碓井の素性を怪しんでいたが、加奈子にも興味を抱いたに違いなかった。

「そんなことはどうでもいいです。どうなったんですか。大丈夫なんですか」

加奈子にとって保身よりも真実の追求のほうが重要らしい。

「わかりません。いまのところ懲戒の噂《うわさ》は聞かないから、上司に報告はしていないと思いますが」

肩をすくめておどけてみせたが、加奈子は笑わなかった。

「だからって信用できるとは限りませんよね。もしかしたらその二人のうちどちらかが、ストラングラーである可能性もあるんです」

「もちろんです」

簑島が秘密裏に行動しているのは、冤罪を成立させるのが組織に楯突《たてつ》くことにつながるという理由のほか、同僚の誰も信用できないからだった。兄のように慕っていた伊武が、歪んだ正義を遂行するために殺人を犯していた。そしてその伊武も口封じされた。もはや誰がストラングラーでもおかしくない。

それでも明石と面会しているのを知られた以上、誤魔化し続けることはできない。二人がストラングラーでないことを祈って、ありのままを話すしかなかった。二人とも有能な刑事だ。明石の事件の冤罪の可能性を提示されてなお、そして身内にストラングラーがいるかもしれないと知らされてなお、即座に上司に報告する愚を犯すはずがない。窮地に追い込まれた簑島にとって、大いなる賭《か》けだった。

いまのところ、はっきりした結果は出ていない。二人には本部庁舎でときおり顔を合わせるが、なにも言われていない。彼らにとっての正義が、自分の目指すものと一致していると信じるしかなかった。

「あと、この機会にもう一つ」

「なんですか、まだあるんですか」

加奈子の頬《ほお》は強張《こわば》った。

簑島は深く息を吸い、吐いた。さすがに心の準備がいる。

「おれには、伊武さんが見えます」

不自然な沈黙が流れた。

「は？」と、加奈子が顔を突き出してくる。

「伊武さんって言いました？」

そう聞こえたがそんなわけがない、という表情だった。

だが「言いました」という簑島の頷きに、ふたたび黙り込む。

しばらくして、加奈子が怪訝《けげん》そうに眉《まゆ》をひそめた。

「あの伊武さんって、殺された捜査一課の……」

「そう。その伊武さんです。明石逮捕の際に不正工作を行っていて、外山さんを殺し、最期はストラングラーに銃撃されて命を落とした、あの伊武さん。いまもきみの隣に立っています」

加奈子の隣に、にやにやしながらこちらを見つめる伊武の姿が、簑島には見えていた。

加奈子がぎょっとしながら飛び退《の》く。

「簑島さんって、そういう能力があったんですか」

「いや、ありません。幽霊なんて見えたことはないし、そもそも信じていません」

存在して欲しいと願ったことはある。霊が存在していれば、真生子はきっと自分のもとに現れてくれた。簑島のことを呪うためであってもかまわなかった。一目でいいから真生子に会いたかったし、話したかった。だが願いは叶わなかった。ストラングラーの正体も、真生子がなぜ風俗で働いていたのかもわからないまま、簑島はただ生きている。

「ど、どういう……？」

加奈子はひたすら困惑している。無理もない。

「幻覚です。伊武さんの幻覚が見えます。見えないときにも、つねにその存在を感じています」

どころか、伊武は日々、存在感を増してきている。

「え。それって」

「頭がおかしくなってきているんです。だんだん伊武さんに支配されていて、無意識に行動していることや、ときには記憶を失うこともあります」

伊武にそそのかされるままに仁美を襲いかけたし、最近では殺人犯の少年の首を絞めて殺そうとした。いつか自分が自分でなくなり、取り返しのつかない事態を招く予感があった。

そんな告白をされてもどう反応していいのか困るだろう。加奈子は口をパクパクさせながら、かける言葉を探している。

ようやく声になった。

「病院でお医者さんに診《み》てもらったほうがいいんじゃないですか」

それしかない。自分が彼女の立場でも、同じ言葉をかける。

だが簑島は助言を求めているわけではない。

「そのうち」

「そのうちって……」

「銃撃されて死んだはずの先輩とつねに行動をともにしているなんて言ったら、しばらく休職させられます。下手したら入院です。せっかくここまで来たのに、ストラングラーの逮捕が遠ざかってしまう」

「でも、身体《からだ》のほうが大事じゃないですか」

「明石の死刑だって、いつ執行されてもおかしくないんです」

それを言われたら反論できないという感じに、加奈子は口を噤《つぐ》んだ。

「おれがこのことを矢吹さんに話したのは、おれの抱えている問題を解決したいからじゃないんです。知っておいて欲しい。ただそれだけです」

「知っておいて」

簑島の言葉を加奈子が繰り返す。

「そう。いまはまだなんとかなっていても、そのうち取り返しのつかないことをしでかしてしまうかもしれません。そうならないように努力はしますが、おれは伊武さんを信用できません。いや、伊武さんを作り出したおれ自身を信用できません。だから知っておいて欲しいんです。そしておれが明石の冤罪成立を妨げるような行動をとったら、容赦なく排除して欲しいし、罪を犯したら遠慮なく手錠をかけて欲しい」

「正直、なんと答えればいいのか迷います」

「はい、と頷いてくれればいいんです。頼みます」

簑島は深々と頭を下げた。

しばらくして加奈子の声が降ってくる。

「わかりました」

簑島は顔を上げた。

「その代わり、一つ条件があります」

「なんですか」

「お医者さんにかかってください」

「それは――」できないと続けようとしたが、声をかぶせられた。

「お願いします。誰に知らせる必要もありません。同僚には隠したままで大丈夫です。小さなクリニックなら、いきなり入院させられることもありません」

加奈子は懐《ふところ》から名刺入れを取り出した。一枚を簑島に差し出す。

『おとわ心のクリニック』という心療内科のカードのようだった。

「中学からの親友が心療内科医です。文京区《ぶんきよう》で父親のクリニックを手伝っています。時間があるときに行ってみてください」

カードを返そうとしたが、「親友でもプロですから、患者さんの情報を私に漏らすことはありません。安心してください」と押し返された。

そのとき、どこかから振動音が聞こえた。音声着信だったようだ。加奈子が懐から取り出したスマートフォンを耳にあてる。

簑島はしかたなく、カードをポケットにしまった。

「はい、矢吹です。あ、お疲れさまです」

はい、はい、と相槌《あいづち》を打ちながら、加奈子は三分ほど通話した。

「送っていただけますか。よろしくお願いします。はい。失礼します」

そう言って通話を終えた直後、ふたたび加奈子のスマートフォンが振動する。今度は音声着信ではなく、メール着信だったようだ。加奈子がスマートフォンを操作し、液晶画面をこちらに向けた。

防犯カメラの映像から一場面を切り取ったような写真だった。場所はどこかの商店街だろうか。若い男二人が一人の女性を両脇《りようわき》から挟み、話しかけながらしきりに興味を引こうとしているように見える。ナンパだろうか。女性は徹底無視を貫こうとしているように見えた。

画像を数秒間見つめ、簑島は言った。

「被害者ですか」

風俗店のホームページに掲載されたほっそりした体型とはかけ離れたぽっちゃり体型だが、おそらくそうだろう。

加奈子は頷いた。

「そうです。蒲田駅前のアーケードの防犯カメラの映像です。この映像が撮影されたのは、被害者が殺害された当日です。撮影時刻から考えて、これから出勤というタイミングだったのでしょう」

「この二人は、被害者をナンパしているのですか」

「被害者のことを気に入ったのか、すれ違いざまに声をかけ、その後五十メートルほどしつこくつきまとう様子が撮影されていました。被害者のほうは無視して歩いていたのですが、最後は男のほうの一人に手首をつかまれ、振り払っています」

ずいぶん強引なナンパだ。そんなことをされたら一人歩きも怖くなるだろう。

「でも被害者は、ナンパについていかなかったんですよね」

「ええ。風俗店に出勤し、その後客からの指名を受けて武蔵新田のアパートに向かっています。もっとも、被害者の所属する店には待機所がないので、出勤といっても出勤した旨のメッセージを店に送るだけで、あとは蒲田近辺のカフェやカラオケなどで指名を待つそうですが」

「それなら、ナンパ男どもは事件に関係ないのでは」

腹立たしいのは間違いないが。

「ネット経由で被害者への指名が入ったのは、被害者が待機場所として行きつけにしているカフェに入った後です。蒲田駅近くのパチンコ店のＷｉ－Ｆｉ電波を使用しているところまではわかっていますが、端末の特定は難しいようです」

「予約が入ったときに、ナンパ男どもがその近くにいたとか？」

それなら犯行は可能だろうか。わからない。

「無視していたと言いましたが、被害者はナンパ男たちと言葉を交わしているのですか」

「最後に腕をつかまれたとき、なにか怒っているような感じだったので罵声《ばせい》を浴びせるなどあったかもしれませんが、それ以外に会話らしい会話はなさそうです」

「それならナンパ男たちに、犯行は不可能ではありませんか。男どもには、被害者の素性を知りようがない」

なんらかの手段で被害者が風俗店に勤務していることを知ったのであれば、ナンパを断られた腹いせに指名して呼び出したと考えられもするが、ほとんど会話をしていない。おまけに風俗店のホームページに掲載された被害者の写真は、知人でも気づかないレベルで加工されている。

「こっちの男、よく見てください」

加奈子がナンパ男のうちの一人を指差した後で、顔の部分を拡大した。

ほんのり赤く染めたマッシュルームヘア。身長はそれほど高くなさそうだが、顔が小さいせいでスタイルはよく見える。目鼻立ちは整っていて、細面の中性的な印象の顔立ちだ。おそらく女性にかなりモテるのではないか。

簑島はナンパ男を凝視した。どこかで見たような気もするが、思い出せない。

諦めて顔を上げると、加奈子が言った。

「葛城陸《かつらぎりく》」

あっ、と思わず声が漏れる。

名前を聞いてわかった。警察組織内ではある意味有名人だ。

葛城陸、二十六歳。これまでに強制わいせつや強制性交などで五度逮捕されながら、いずれも不起訴となって釈放されている。

その背景には東海地方では有名な一大企業グループを築き上げた祖父の力があるという、もっぱらの噂だった。孫が罪を犯すたびに被害者に莫大《ばくだい》な金額を提示し、示談を成立させてしまうらしい。葛城は都内の有名私大在学中にも逮捕されているが、逮捕後も除籍されずに卒業できたのは、葛城の祖父が大学に多額の寄付をしているからだという話もあった。

「捜査員の中に、かつて葛城が起こした強制わいせつ事件を担当した人間がいて気づいたそうです」

それなら防犯カメラ映像でも葛城陸に気づくだろうし、この人物が葛城陸であるとすれば、事件との関連を疑いたくなるのも無理はない。

だが現在二十六歳の葛城が犯人なら、今回の事件はストラングラーの仕業ではないということになる。いや、葛城がストラングラーという可能性は残る。十四年前のオリジナル・ストラングラーと現在のストラングラーの連続性がなくなるだけだ。いずれにせよ、これまで組み立てた仮説が崩れる。

だからといって可能性を排除するわけにはいかない。

簑島たちは公園を出て蒲田に向かった。

3

アーケードから外れた路地に、小さな看板が立っている。

簑島と加奈子は看板に描かれた矢印の道案内に従って雑居ビルの狭い階段をのぼり、突き当たりの扉を開いた。

外から見た印象よりも広い店だった。カウンター四席のほか、テーブル席がいくつか。テーブル席のソファやローテーブルはそれぞれ色やかたちが違っていて、統一感がない。

「いらっしゃい」

カウンターの中から、店員らしき長髪の男が声をかけてくる。店の立地から想像できたが、ほとんど常連しか訪れないのだろう。歓迎しているというより、見慣れない客を訝《いぶか》っているようだった。

簑島はカウンターに向かい、警察手帳を提示した。

「幅佳実《はばよしみ》さんですか」

長髪の男が目を見開く。幅佳実で間違いないようだ。

「な、なんすか」

「葛城陸をご存じですよね」

カウンター席に座りながら、加奈子が訊く。

「あいつ、またなんかやったんですか」

加奈子が簑島を見た。この口ぶりだと幅は事件に関係なさそうですねと、確認するような顔だった。

幅佳実は防犯カメラ映像の中で、葛城陸と一緒に被害者をナンパしていた男だった。防犯カメラの設置されたアーケード内で聞き込みをしたところ、葛城陸は知らないがこっちならわかるという証言があったのだ。アーケードのそばでダイニングバーを経営していると聞き、訪ねてみることにしたのだった。

「武蔵新田のアパートから、女性の遺体が発見されたニュースは？」

簑島の質問に、幅はかぶりを振った。

「知らないっす。ニュースとか見ないんで」

「二日前の午後八時三十二分ごろ、あなたと葛城陸が亡くなった女性にしつこくつきまとう様子が、アーケードの防犯カメラに捉《とら》えられていました」

加奈子に告げられ、幅は息を吸い込んだまま固まった。

「……嘘《うそ》でしょ」

ようやく発せられた声が震えている。

「これ、あなたたちですよね」

加奈子がスマートフォンに防犯カメラ映像の切り抜きを表示させ、カウンターに置く。

「そうっすけど、この女が……？」

加奈子が目をすがめると、幅は両手を振って潔白を訴えた。

「おれじゃないっすよ。これはたしかにおれですけど、ナンパに失敗したし、名前すら教えてもらえなかったし」

「無視する彼女の腕をつかんだり、かなり強引な声のかけ方をしているよね。腕つかんだ時点で犯罪なんだけど」

加奈子の指摘に、幅が顔色を変える。

「腕つかんだのおれじゃないし。ってか、むしろおれ、陸を止めてるじゃん」

「どうだか」

「映像をよく見てくれよ」

「会話まで聞き取れないし。なんて声かけたの」

「陸と会ってどっか遊びに行こうぜって話になったんだけど、せっかくだから女子いたほうがいいよなって陸が。友達でも呼び出すのかと思ってたら、面倒だから現地調達しちゃおうぜ。あの子なんかいいじゃんって」

「いつもそうやってレイプしてるの」

「なんでそうなるんだよ。おれはなんもしてないって」

「葛城陸に五度の逮捕歴があるのは、あなたも知ってるでしょう」

「でも無実だ」

「不起訴は無実ではない。葛城の祖父が、金にものを言わせて被害者との示談を成立させただけ」

「なら示談に応じなきゃよかったんじゃないか。所詮《しょせん》、金が欲しかっただけだろう」

なにか言おうとする加奈子を、簑島は制した。気持ちはわかるが本筋から外れている。

「彼女とどういった会話をしたのですか」

「どうって、どこか遊び行かない？　とか、いま忙しいなら連絡先だけでも教えてよ、とか、そんな感じで話しかけてた。でもずっと無視されてたから、これはちょっと望みないかなと思って諦めかけたんだけど、陸のやつは違った。あいつ、自信家だから、女はみんな自分のことを好きだと思ってるんだ。意地張らずに連絡先を教えろよって、女の腕をつかんだ。そしたらあの女、ふざけんなクソボケヒョロガリ、私はマッチョじゃないと濡《ぬ》れないんだよ、腕立て千回一年続けてから出直してこいって。おれは正直ちょっと笑っちゃったけど、陸はプライドが高いからさ。いまにも女に殴りかかりそうな勢いでブチ切れてたから、おれが陸を止めてる間に早く逃げろって、女に言ったんだ。それだけ。女の名前も聞いてないし、連絡先もわからない」

「ナンパに失敗した後は、なにしてたの」

加奈子の不機嫌さに、相手が真犯人かどうかは関係なさそうだ。

「知り合いの店に行って、一人で飲んでた」

「一人？　葛城は？」

「気分直しにどっかで呑《の》もうぜって誘ったんだけど、うるせえボケ、野郎と二人で飲んでも楽しくねえんだよって八つ当たりされちゃって、そこまで言われたらさすがにムカつくじゃん。だから勝手にしろよって言って、別れた」

そこまで言って、幅ははっとなにかに気づいたようだった。

「もしかして葛城のやつ、あの後……？」

加奈子があきれた様子で息を吐いた。

「あいつならやりかねない。即座にそんなふうに考えてしまうような人間と、どうして友達付き合いしてるの」

「友達ってわけじゃない。金を持ってて飲み食いするときにはぜんぶおごってくれるし、イケメンだから女だって寄ってくる。だから付き合ってただけだ。あいつのまわりにいる人間は、みんな同じだと思う。心からあいつのことを友達だと思っている人間なんて、たぶんいない。勘弁してくれよ。おれは人殺しなんてしない」

加奈子はもう一度、全身から集めたような深いため息をついた。

4

「お姉さん、かわいいね。連絡先教えてくれない？」

スマートフォンを取り出す葛城陸に、加奈子が軽蔑《けいべつ》の眼差《まなざ》しを向ける。

「なんでレイプ魔と連絡先を交換しないといけないの」

「レイプ魔じゃないよ。おれがレイプ魔なら、いまごろ刑務所に入ってるでしょ」

加奈子は口を開きかけたものの、話すだけ無駄だと気づいたように言葉を飲み込んだ。

ここはお任せしますという感じで、簑島を視線で促す。

署の会議室だった。幅から聞いた葛城陸の連絡先に電話をかけ、事情聴取したい旨を伝えたところ、葛城のほうから北馬込署に出向くという申し出があった。幅いわく、京急蒲田駅至近にあるという葛城のマンションは『ヤリ部屋』になっているので、自宅に来られてはまずい事情があるのではないか。事件の話を聞いて以来、幅にとって葛城が殺人犯であるのは既成事実になっているらしい。

「まずはこの動画をご覧いただけますか」

簑島は用意していたタブレット端末で、防犯カメラの映像を再生させた。アーケードの防犯カメラの映像だ。画面の右上のほうから左下に向けて歩く女性に、両脇から男がしつこく話しかけている。三人の姿が画面から外れそうになったとき、葛城が女性の腕をつかみ、振り払われる様子が捉えられていた。

「んだよ、ビデオに映ってたの？　かっこ悪。マジでハズいわ」

葛城が笑いながら、スウェットの胸元を手で払う。悪びれる様子はまったくない。

「この男性は、あなたで間違いないですね」

「おれですよ。どうせならナンパに成功したところを映してて欲しかったな。けっこう成功率高いのに」

加奈子が不快そうに顔を歪めるのを視界の端で捉えながら、簑島は話を進めた。

「実はこの動画の中であなたが話しかけているこの女性、三日前に遺体で発見されました。警察では殺人とみて捜査しています」

「それは聞きました。だから忙しい合間を縫って、わざわざここまでやってきてあげたんじゃないの」

「あなた――」堪《こら》えきれなくなった様子で、加奈子が口を挟んでくる。

「自分が疑われているのをわかっているの？　あなたがナンパしようとした女性が、直後に殺害された。しかもあなた、ナンパを断った女性に悪態をついたらしいじゃない」

「だって、あの言い草はないでしょうよ。こっちだって数多い女性の中から選んで声をかけてやってるっていうのに。おれじゃ濡れないって言うけど、ためしてみないとわからないじゃんか」

ねえ、と綺麗《きれい》な二重まぶたが粘着質に細められる。

「選んでやってるって、どうしてそんな上から目線なの」

「これまでそうだったから。千人斬《ぎ》りしてるし、テクには自信あるんだ。最初は嫌がっても、最後にはおれとやってよかったって思わせる自信がある」

「本当にそうなら、五回も逮捕されるわけがない」

「あれは金目当てでしょ」と、葛城は椅子《いす》にふんぞり返りながら両手を広げた。

「示談金が欲しくて、ありもない罪をでっち上げてる。ノリノリでおれに跨《また》がってたくせに、マジで最悪な女どもだよ」

「逮捕された中には準強姦《じゅんごうかん》の容疑もある。女性は泥酔させられて、抵抗できなかった。それなのにお金目当てだっていうの」

「違うっていうなら、示談を断ればいい。結局金受け取ってるんだったら、金目当てって言われてもしかたないんじゃないか」

加奈子はなおもなにか言おうとしたが、簑島は手を上げてそれを制した。

「この女性にナンパを断られた後、どこでなにをなさっていましたか」

「内緒」

葛城はいたずらっぽく肩をすくめた。

「あなたね、警察舐《な》めるのもいい加減に――」

いきり立つ加奈子を、視線を鋭くして黙らせる。

「なぜ話せないのですか」

「別に理由はないけど、言いたくない」

「話せないということは、知られてはまずい事情があると解釈せざるをえませんが」

「そんなものはない。ただおれは警察が嫌いだから、話したくない。それだけだ。なにしろこれまで、何度も誤認逮捕されてる。そんな相手を信用できないでしょう」

隣でぱしん、と音がした。

加奈子が自分の太腿《ふともも》にこぶしを打ちつけたようだ。そのまま、震える声で言う。

「人が死んでいるんですよ」

「おれ、その女知らないし。でもかわいそうだと思うよ。あんとき、おれたちについてきていれば、殺されなかったってことだもんね」

デスクの下で、加奈子がこぶしを太腿に強く押しつけながら、懸命に怒りを堪えている。

「言いたくないのはかまいませんし、警察を信用できないというのも勝手ですが、アリバイがないとあなたをいつまでも疑い続けることになります」

「それはそっちの勝手だよ。好きにすればいい。おれはやっていない」

「あなたがやっていないのがはっきりするまで、捜査員があなたの行動を監視することになります。あなたの私生活や、過去についても徹底的に調べなければなりません。今回の事件に関係なかったとしても、もしかしたら別のまずい事情が明らかになる可能性もありますね」

葛城の顔に、今日初めての怯《おび》えが浮かんだ。

「おい、いいのか。警察が市民を脅かすようなことを言って」

「脅かしているわけではありません。ただ事実を述べているだけです。それとも、なにか探られては困るような事情でもあるのですか」

「ないよ」語尾が力なくしぼむ。

「ないけど、つきまとうのは勘弁して欲しい」

「事件発生時にあなたがどこでなにをしていたかがはっきりすれば、警察はあなたを捜査対象から外します。今度こそ不起訴の余地のない決定的な証拠をつかんでやりたいと心情的には思っていても、感情だけで動くわけにはいきませんから」

「なにそれ。警察挙げておれを逮捕したいみたいな言い方」

「これも事実を述べているだけです」

葛城が舌打ちをしてそっぽを向く。椅子の背もたれに肘《ひじ》を載せてしばらく考えた後で、こちらに視線を戻した。

「女と一緒だった」

「どこの誰ですか」

「ナンパした女。幅のやつが一緒だと足手まといになるから、あの後一人でナンパしたんだ。そしたら一人目で成功した」

「その女性の名前を教えてください」

「たしかサキって言ったたっけな」

「上の名前は？」

「なんつったっけな」

面倒くさそうに髪をかいた後で「そうだ」と、懐に手を突っ込んだ。スマートフォンを取り出し、操作する。

「そうだ。シミズだ。シミズサキ。住所は大田区東嶺町《おおたくひがしみねまち》の……」

そのとき、加奈子が素早く立ち上がった。

葛城の手からスマートフォンを奪い取る。

「おいっ！　なにすんだ！」

怒った葛城が奪い返そうとするが、手をいっぱいにのばしたり、逆にお腹《なか》に抱え込むようにしたりしながら、懸命に守っている。そして簑島のもとにスマートフォンを持ってきた。

液晶画面に表示された写真を見て、簑島は加奈子の意図を悟った。

「なにすんだ！　返せよ！」

怒号を上げる葛城を睨《にら》みつけ、加奈子は言った。

「どうしてこんな写真を撮ってるの？　相手はナンパした女の子でしょう？　ナンパした女の子の免許証の写真を撮るの、おかしくない？」

葛城のスマートフォンには、清水早希《しみずさき》という女性の免許証を撮影した写真が表示されていた。

5

清水早希の免許証によれば、住所は大田区東嶺町にあるアパートだった。簑島と加奈子は早速訪ねてみたものの、不在だった。ただ近所に住んでいる大家から話を聞くことができた。彼女は川崎《かわさき》市の総合病院に看護師として勤務しており、多忙のため部屋を空けていることも多いという。今朝、出勤する彼女と挨拶《あいさつ》したから、早ければもうすぐ帰ってくるのではないかという話だった。

「彼女はいつも通りに出勤していた」

簑島の呟《つぶや》きに反応して、加奈子が顔を上げた。

「酷《ひど》い目に遭《あ》ったのに？」

葛城はナンパしたと言って譲らないが、それだけではない。おそらくは性加害が行われた。でなければ免許証を撮影などしない。被害者が警察に駆け込まないようにするための、葛城の常套《じょうとう》手段だった。

「葛城に酷い目に遭わされて、たったの三日です。それなのに、いつも通りに出勤しています。そんなことができるだろうかと思いましたが、むしろそうするしかないのかもしれません」

「そう思います。なにごともなかったそれまでの日常生活に強制的に戻ることで、忌まわしい記憶に蓋《ふた》をして、なかったことにしているのかも」

加奈子はカップを持ち上げ、ずずずと音を立てた。

二人は清水早希のアパートの最寄り駅近くにある喫茶店にいた。大家によればもうすぐ帰るという話だったので、しばらく近くで時間を潰《つぶ》すことにしたのだ。

「だとすれば、葛城から乱暴されたことを否定するかもしれませんね」

簑島は持っていたカップをソーサーに戻した。

清水早希がどういう証言をするのかわからない。葛城に乱暴されたと訴えるのか、合意の上で葛城と性行為に及んだと話すのか、それとも、葛城を知らないことにするのか。

そのとき、出入り口の扉が開き、若い女が入ってきた。ショートカットにくりっと大きな瞳《ひとみ》の小動物のような雰囲気は、免許証の写真よりも断然愛嬌《あいきょう》がある。清水早希だ。

彼女はきょろきょろと店内を見回していたが、簑島が立ち上がると歩み寄ってきた。

「警察の……？」

「清水さんでいらっしゃいますか」

簑島と加奈子は警察手帳を提示し、自己紹介した。

「帰宅したら大家さんから警察が訪ねてきたって聞いて。私が帰るまでどこかで時間を潰すって言うから、駅前の喫茶店を教えておいたよって」

だからこの店を覗《のぞ》いてみた。ということらしい。

「こちらからうかがうべきところを、わざわざすみません」

「いえ。うちは散らかっていますから」

というよりは、自宅を訪ねて欲しくないという本音が透けて見える。大家からいろいろ詮索《せんさく》されたのかもしれない。

加奈子が簑島の隣の席に移動し、先ほどまで加奈子が座っていた席に清水早希が座る。店員の運んできた水を「ごめんなさい。私は大丈夫です」と断ってから、彼女はこちらを向いた。

時間を作ってくれたことにあらためて礼を言い、簑島は切り出した。

「葛城陸という男性を、ご存じですか」

清水の頬が引きつった。答えを探るように、視線が虚空を彷徨《さまよ》う。

「その人がどうかしたんですか」

「ある事件への関連を疑われています。ですがその事件が起こったとき、彼はあなたと一緒だったと話しています」

清水の目が大きく見開かれる。葛城陸に襲われたことについて質問されるのを覚悟していたはずだ。実際にはそうではなく、葛城陸は別の事件への関与を疑われており、アリバイを証明するために清水早希の名前を挙げた。彼女が葛城に襲われたのが事実ならば、厚かましさにはらわたが煮えくり返るだろう。

「どんな事件なんですか」

「それはお話しできません。ただ、三日前の夜にあなたと一緒に過ごしていたのが事実ならば、葛城さんへの疑いは晴れます」

同時に、清水早希への強制性交の疑いも持ち上がる。

「そうですか」

清水は複雑そうな表情で、テーブル上の一点を見つめていた。

やがてふんぎりを付けるように瞬きし、顔を上げた。

「私は三日前の夜、葛城さんと一緒でした」

加奈子の息を吞む気配があった。

「葛城さんはあなたに、路上で声をかけたと話しています」

ほんのわずかな感情の揺らぎを示した後で、清水は笑顔になる。

「そうです。その日、私は仕事がお休みで、でも一日寝て過ごしちゃって、起きたら夕方になっていたんです。このままじゃ、なにもしないままお休みが終わっちゃうと思って外に出ました。だからとくに目的もないまま、街をぶらついていたんです。洋服屋さんを覗いたり、カフェでまったりしたりして、そろそろやることもなくなってきたから帰ろうかなと思ったころ、彼に声をかけられました。顔がかっこよくて話もおもしろいから、友達になってもいいかなって」

ときおり不自然に揺れる声音が、懸命に感情を繕おうとする内面を反映していた。

「声をかけられたのは、何時ごろですか」

「九時……にはなってなかったと思います。スマホで時間を確認して、いますぐ帰れば好きなドラマをリアタイで見られるなって思いながら、駅に向かってましたから」

「駅に向かっているときに、葛城さんに声をかけられた？」

「そうです。ドラマ見たいしって断ろうとしたけど、ドラマは見逃し配信できるけどおれとの出会いは一期一会だよって言われて、笑っちゃって」

「どれぐらいの時間、一緒に過ごされたんですか」

躊躇《ちゅうちょ》する間があったものの、清水はすぐに作り笑顔を取り戻した。

「朝まで」

簑島は加奈子と視線を交わし、清水に向き直る。

「朝まで、ですか」

「はい。翌朝から仕事だったので、始発で帰りましたけど」

肩をすくめ、視線を落として恥じらっている。

「朝までどちらにいらしたんですか」

「葛城さんのマンションです」

「知らない男のマンションに、いきなり？」

信じられないという反応をする加奈子に、清水が弁解口調になる。

「いきなり部屋に行ったわけじゃありません。最初は知り合いがやってる店があるからって、お洒落《しゃれ》なバーみたいなところに連れて行かれて、一緒に飲んでて……」

「それから、葛城さんのマンションに？」

簑島の質問に、清水は頷いた。

「そうです」

「なんと言って誘われたんですか」

加奈子が追及する口調になる。

「それは……うちに来る？　とか、そんな感じだと思いますけど」

「いくら相手がイケメンで話がおもしろくても、一、二時間話しただけの男の家に行くのは、抵抗がありませんでしたか」

「まあ、それは……」

「それなのに、うちに来る？　って言われたら、ほいほいついていったんですか」

「矢吹さん」

簑島は加奈子を諌《いさ》めた。気持ちはわかるが話題が本筋から外れている。

だが加奈子は止まらない。

「もしかして、誘われた記憶がないんじゃないですか。気づいたら葛城のマンションにいて、気づいたら裸にされていたんじゃないですか」

清水の顔色がさっと変わった。

「葛城はあなたの免許証を撮影していました。いくら親しくてもそんなことは普通しません。葛城の常套手段なんです。お酒に睡眠薬や抗不安薬などの薬を混入させ、意識を失った女性に乱暴するのが。そして乱暴する模様や、免許証を写真や動画に撮影して口止めするのが。何杯かお酒を飲んだら、急に意識がなくなっていたんじゃありませんか」

「違います」

清水が両肩を持ち上げ、かぶりを振る。

「あなたが悪いんじゃない。悪いのは葛城です」

「でも……！」

強い口調で言い返そうとした清水が、唇を嚙《か》む。

告発すれば、自分も無傷ではいられない。だから泣き寝入りするしかない。おそらくそんなことを言いたかったのだろう。

清水がテーブルに手をつき、腰を浮かせる。

「もういいですか。三日前、私は葛城さんとひと晩じゅう一緒でした。なんの事件か知りませんけど、葛城さんがその事件に関係していることはないと思います」

失礼しますと頭を下げた瞬間に感情があふれ出したのか、清水はこちらから表情が見えないよう顔を背けながら店を出ていった。

「待って」

追いかけようとする加奈子の腕を、簑島はつかんだ。

「そっとしておいてあげましょう。葛城が憎いのはわかります。だからといって、むやみに被害者を傷つける必要はありません」

いま重要なのは、葛城のアリバイを確認することだ。

加奈子の顔がみるみる赤くなり、感情を懸命に抑え込もうとしているのがわかる。

やがて加奈子は、勢いよく椅子に腰をおろした。

「納得いきません。悪いことをしたのは葛城なのに、どうして」

無念そうな女性刑事に、かける言葉が見つからない。異性である簑島には、清水早希の痛みや加奈子の悔しさを想像はできても、完全に理解することはできないだろう。そう考えると、どんな言葉も軽いし、無力だと思った。

だからスマートフォンの振動に救われた心境だった。

発信者を確認してみると、未登録の番号だった。応答ボタンを押し、声を出さずにスマートフォンを耳にあてる。

『もしもし。簑島か。もしもーし』

声を聞いても誰かわからない。だがこちらの名前を知っているので、間違い電話ではないだろう。

「もしもし？」

『おれだ。少し話せるか』

ええ、と反射的に応じた後で、確認する。

「誰ですか」

盛大な舌打ちを浴びせられた。

『有吉だよ。なんでわかんねえんだ』

伊武銃撃事件を追っている有吉康晃か。

「ああ」と大きな声が出て、加奈子がこちらを向く。

「どこでこの番号を？」

『そんなんどうでもいいだろ。いちおう同僚なんだから、すぐにわかる』

「そうですけど」

わざわざ電話番号を調べて連絡してくるなんて、考えもしなかった。「話ってなんですか」

『電話じゃなんだから、これから会えないか』

電話をかけてくる以上に意外な提案だった。

「かまいませんが」

ちらりと視線を動かすと、加奈子は不審そうに眉根を寄せていた。

6

有吉から指定されたのは、武蔵小杉《むさしこすぎ》駅近くのコインパーキングだった。指定された時刻よりも二十分も早く着いてしまったのでまだ来ていないと思っていたが、駐車スペースに駐車した一台から軽くクラクションを鳴らされた。覆面パトカーの運転席に座った有吉が、早く来いという感じで顎《あご》をしゃくる。その助手席では久慈が、いつもの能面のような表情で腕組みをしていた。

「お疲れさまです」

簑島は後部座席に乗り込んだ。

「一人か」

ルームミラー越しに、有吉が問いかけてくる。

「ええ」とだけ答えた。

明石に面会する目的などは有吉たちにあらかた打ち明けたが、加奈子との関係性についてはまだ話していない。有吉と久慈の出方によっては組織内での立場が危うくなるかもしれないのに、加奈子を連れてくるわけにはいかなかった。

「話ってなんですか」

単刀直入に切り出した。雑談で盛り上がるような関係でもない。

「捜査のほうはどうですか」

久慈から逆に質問された。

「風俗嬢殺しの、ですか」

「ええ。そうです。葛城陸が参考人になっているようですが」

「葛城をご存じですか」

「知らないやつはいないだろ。やつには警察全体がコケにされてるんだ」

有吉が自分の手の平をこぶしで打つ。

「おそらくシロです。犯行時刻に女と飲んでいました」

その女になにをしたのかまでは、いまは言うべきではないだろう。

「女遊びでアリバイが成立するなんて、本当に悪運の強いやつだな。世の中には、なんでいくら悪さしても痛い目見ないやつが存在するんだろうな」

軽蔑のこもった、有吉の口調だった。

「もしも葛城がストラングラーなら、十四年前の連続殺人との関連性がなくなるところでしたね」

久慈が言い、有吉が鼻で笑う。

「十四年前の葛城はまだ十二歳かそこら。チンコが服着て歩いているようなやつだから当時から悪さ働いていたかもしれないが、逮捕されずに四件の連続殺人を成し遂げるのは無理だな」

簑島はシートからはみ出た有吉と久慈の肩を交互に見た。

久慈がこちらに顔を向ける。

「今回の事件は、ストラングラーの仕業だと思いますか」

「断定はできません。犯行現場が――」

簑島の言葉を、有吉が先回りする。

「アパートの空き部屋だった。ストラングラーの犯行とされる一連の事件は、すべてラブホテルで行われている」

「そうです」

「だがそれ以外は一致していますね。心証としてはいかがですか」

簑島はしばらく考え、口を開いた。

「ありえると思います。ストラングラーと断定することもできませんが、ストラングラーでないと決めつけることもできない」

「はっきりしねえやつだな」

有吉がつまらなそうに鼻を鳴らす。

「心証による決めつけが、明石の誤認逮捕につながりました。その結果、真犯人に十四年もの自由を与えてしまった」

まだ明石の無実を信じているのか。二人から反論が来るのを覚悟していたが、そうはならなかった。有吉は不機嫌そうに顔を背け、久慈は小さく笑っている。

「たしかに、決めつけは禁物です。ですが仮説を立てるのは重要ですよね」

久慈が言う。

「それは……その通りです。仮説がなければ、結論を導くことはできません」

「かりに、ですが」と前置きして、久慈が話し始める。

「かりに、今回の風俗嬢殺しがストラングラーの仕業だとして、なぜ犯行の現場を、ラブホテルからアパートの空き室に移したのだと思われますか」

思いがけない方向からの質問に、言葉に詰まってしまう。

久慈の真意を訝りつつ、簑島は答える。

「ここ一年にわたる連続殺人の影響もあり、ラブホテル経営者は防犯カメラの設置などセキュリティー強化を進めています。それまで防犯カメラが未設置だった古いホテルにもカメラが設置され、ストラングラーにはこれまで通りの犯行が難しくなりました」

正確には犯行が難しいのではなく、身元を隠した上での犯行が難しくなった。まったくカメラに捉えられることなく犯行を完遂するのは、まず関東近郊のラブホテルでは至難の業だろう。

「だから、ですか」

久慈の細い目がルームミラー越しにこちらを見て、有吉は欠伸《あくび》をしている。

「そうです」

隣接する商業施設から出てきた若い夫婦が、重苦しい雰囲気で会話する三人を気にしながら通り過ぎる。

若い夫婦がステーションワゴンに乗り込む様子を眺めながら、簑島は自らの推理の根拠を説明した。

「アパートの空室ならば防犯カメラを気にする必要はないし、店側に個人情報を知られる心配もありません。加えて、派遣先をホテルではなく自宅だと誤認させることもできるので、店も女性も油断します」

簑島の話を、久慈は窓枠に肘をもたせかけながら聞いていた。

やがておもむろにシートに座り直し、「おおむね同意します」と言った。

「アパートの空室を自宅と誤認させる方法は、ストラングラーにとってメリットしかありません。では一つ訊きますが、なぜこれまで、この方法を使わなかったのですか」

はっとした。

ストラングラーはラブホテルでの犯行を繰り返し、ホテル経営者たちがセキュリティー強化に乗り出したため、犯行の場所をアパートの空き室に移した。だが考えてみれば、ラブホテルで防犯カメラに捉えられるリスクはもともと存在した。アパートの空き室のほうが断然リスクは低い。

ストラングラーはラブホテルですでに四件の殺人に及んでいる。十四年前の四件も同一犯だとすれば、八件。十四年間、八件にわたって貫いてきた手口を、いまになって変えた。それはなぜなのか、考えたことすらなかった。

「これはあくまで私の考えた仮説に過ぎないのですが——」

「おれたちの、な」と、有吉に訂正され、「我々の考えた仮説に過ぎないのですが」と言い換える。

「単純に、その方法を知ったから、とは考えられませんか」

「そうかもしれません」

だからなんだとしか、簑島には思えなかった。以前はたんにその方法を知らなかった。だからラブホテルで犯行に及ぶしかなかった。だがあるとき、不動産業者同士がキーボックスで鍵のやりとりをしている事実を知り、殺人に都合が良いと気づいた。だからアパートの空室で犯行に及んだ。

ありえる。ありえたとして、犯人に近づくわけではない。

「ストラングラーの最後の犯行から今回の事件まで、八か月ほど空いています。ほとぼりが冷めるまで、次はないと考えていました」

久慈の言う通りだった。ストラングラーは半年間で十四年前と同じ四人を殺害し、ふたたび休眠に入るかと思われた。簑島としても、まんまと伊武の口封じに成功したストラングラーは、下手したら数年はなりを潜める可能性があると覚悟していた。

「おれもそう考えていました」

次の犯行を待望する気持ちがなかったかといえば、嘘になる。犯行が起これば、新たな手がかりが浮かび上がる可能性があるからだ。だがそれは、誰かが殺されるのを期待するのと同義だった。

「だが犯行は起こった。もっとも、まだストラングラーの仕業と決まったわけじゃないが」

有吉がぼりぼりと頬をかく。

「ストラングラーによる最後の犯行は、もちろんラブホテルです。ですが、三日前の事件現場は、アパートの空き室だった。ストラングラーがこの八か月の間に、キーボックスのことを知った。三日前の犯行もストラングラー。その可能性もあります」

「ええ」

ぽかんとする簑島に、「鈍いな、ったく」と有吉が身体を起こす。

「ストラングラーはどうやって知ったんだよ、キーボックスがあれば自由に出入りできる空き物件が存在するって」

「あ」そういえばそうだ。

「考えられるのは大きく分けて三つ」と、久慈が二本指を立てる。

「まずは不動産業者の友人知人から内情を聞く。次に自分が引っ越すために物件を内見していて、仲介業者がキーボックスから鍵を取り出す様子を目撃する。最後に――」

そこからは簑島が言った。

「おれと同じ、ですか。捜査の過程で不動産業者に接触し、その事実を知らされる」

「やっとわかったか」

有吉が振り返りながら、L判の写真を差し出してきた。

「これは……」

よく知った顔だった。神保弘樹《じんぼひろき》。捜査一課の同僚で、班が違うので接点は多くないものの、廊下ですれ違うときやトイレで一緒になったときは立ち話ぐらいする。

写真は警察手帳に使用されたもののようだ。神保は紺色の制服を着て、まっすぐにこちらを見つめている。

そして写真は一枚ではなかった。佐藤学《さとうまなぶ》、中原浩一《なかはらこういち》、稲垣貞信《いながきさだのぶ》、福岡大志《ふくおかたいし》、徳江雅尚《とくえまさなお》、平井貴《ひらいたかし》。全員が捜査一課の同僚だ。

「四か月前に発生した、世田谷区用賀《せたがやようが》のストーカー殺人を覚えていますか」

担当ではないので細かく追ってはいないが、概要は知っている。二十代の男が元恋人につきまとい、刺殺した事件だ。被害女性が所轄署に相談に訪れていた事実が明らかになり、警察の対応に不備があったのではないかと、ちょっとしたバッシングも起こった。

「あの事件がどうかしたんですか。たしか犯人は自殺したと記憶していますが」

「その通りです。事件発生後、犯人の星野卓《ほしのすぐる》は行方をくらませました。捜査本部は多くの捜査員を投入して星野の行方を追いましたが、最後はレンタカーの車内で練炭自殺しているのが発見され、被疑者死亡で書類送検になりました」

被疑者死亡。捜査に携わる警察官にとって、もっとも屈辱的な結果だ。被害者の無念を晴らすことも、真実を明らかにすることもできない。

あの事件とこの写真に関係が……?

すぐに答えは見つかった。

「あの事件の捜査本部に参加していたメンバーですか」

「全員じゃないがな」

有吉の言葉を、久慈が補足する。

「年齢的に十四年前の犯行が不可能な人間は除外しています。ですから捜査一課からあの事件の捜査本部に参加した中で、三十代以上の人間です」

すぐには反応できなかった。

「どういうことですか。この中にストラングラーが……」

有吉と久慈の話は、そう解釈できる。

簑島は手にした七枚の写真を見た。警察手帳用の証明写真。見慣れた顔ぶれ。新たな発見があろうはずもない。

「星野は不動産仲介業者に勤務していました」

久慈の言葉にぐらりと視界が揺れた。

有吉が顎をかきながら言う。

「事件発生から星野が遺体で発見されるまで、三週間経っている。捜査本部は友人知人などの立ち回り先のほか、星野が勤務していた会社の管理物件にも潜伏の可能性があると考え、捜査員を派遣した。クビになった社員がキーボックスの鍵を使って管理物件に立ち入り、寝泊まりしていたという事例は、実際にあったらしい」

「つまりあの事件の捜査本部に参加した捜査員は、キーボックス管理の誰でも出入り可能な空き物件が存在すると、捜査の過程で知った可能性があります」

ごくり、と簑島の喉がなった。

あらためて写真を見る。

この中にストラングラーが……真生子を殺し、明石を陥れ、伊武を銃撃した人間が。

手が震える。呼吸が荒くなる。

「もっとも、これは我々の憶測の域を出ません。犯人は不動産業者の知人からキーボックスのことを聞いたかもしれないし、そもそもがストラングラーと関係ない犯行である可能性も捨てきれません」

「身内にストラングラーがいるっていう、おまえの与太話が正しいと仮定すれば、そういう推理も成り立つってだけの話だ。正直、おれはまだおまえの話を信じていないし、信じたくない。身内に連続殺人鬼がいるなんて」

有吉が小指で耳の穴をほじる。

「わかっています」

簑島は頷いた。自分だって好きで身内を疑うわけではない。そう考えざるをえない状況証拠が挙がってくるのだ。

「ただ、身びいきが過ぎて真実を見誤るのも不本意です。私たちは伊武さんを撃ったホシを挙げたいと考えています。たとえそれが身内であっても」

久慈の意見にも、簑島は頷く。まったくの同感だ。身内だというだけの理由で、被疑者候補から除外してはいけない。

「ありがとうございます」

簑島は深々と頭を下げた。

有吉と久慈にすべてを打ち明けるのは、大きな賭けだった。そのまま上に報告されれば、まず捜査の最前線には立てなくなる。それどころか、警察組織に居場所はなくなるだろう。

なにしろ死刑囚の無実を証明しようとしているのだ。

だがいまこの瞬間、簑島は賭けに勝利したと確信した。簑島の主張をすべて鵜呑《うの》みにしてくれる必要はない。ただむやみに可能性を排除しないでくれるだけでいい。

「なにしてんだ。こっちの用は済んだ。さっさとおりろ」

有吉の憎まれ口にも、怒りはない。

後部座席の扉を開けたとき、久慈が言った。

「ここでの会話は忘れてください」

「わかりました」

簑島が車をおりると、覆面パトカーは走り出した。駐車場をぐるりとまわり、精算機の前でしばらく停車した後で、パーキングバーが持ち上がる。

走り去る覆面パトカーに一礼し、懐からスマートフォンを取り出した。

7

望月が待ち合わせ場所に到着したのは、簑島が電話してから三十分後のことだった。

「お待たせしました」

「ずいぶん早かったじゃないか」

碓井が腕組みしながら言う。

「めちゃくちゃ急ぎましたから。ってか、碓井さんこそ早くないですか」

「おれはたまたま近くにいたんだ。さっき着いたばかりだ」

な、と水を向けられ、簑島は頷く。

「ちょうどタッチの差でした」

「マジか。簑島の旦那《だんな》の呼び出しには、一番に応じたかったのに」

望月が空を殴って悔しがる。

「そんなのどうだっていいだろ。それより、重要な手がかりが見つかったんだよな」

「そうでした。なんすか」

二人ぶんの期待の眼差しが集まる。

三人がいるのは、武蔵小杉駅から南に歩いたところにある公園だった。広々としてそれほど利用者も多くないので、会話を聞かれる心配もない。それでも万が一を考えて周囲にひと気がないのを確認し、簑島は七枚の写真を取り出した。

「なんすか、これ」

望月が写真を凝視した後で、説明を求めるように簑島を見る。

「この中にストラングラーがいるかもしれない」

束《つか》の間、綱島《つなしま》街道を走る車の走行音だけになった。

「本当か」

碓井は驚きのあまり、魂が抜けたような口調だ。望月に至っては、目を丸くしたまま硬直している。

「あくまで可能性の話です」

簑島は有吉と久慈から聞いた話を、そのまま二人に伝えた。最初はぽかんとしていた二人の顔が、次第に興奮で赤らんでくる。

「なるほどな。そう考えると、殺害現場がラブホテルからアパートの空き部屋になったのにも納得がいく」

「それにしても自宅にデリまで危険ってことになったら、女の子たちも命懸けっすよね」

望月はデリバリーヘルス店で働く女性に同情しているようだ。

「だな。それこそ最初に登記済証とか賃貸契約書を提示させるようなシステムでも導入しないと、店側だっておいそれと嬢を派遣できない」

「もっとも、今回の事件がストラングラーの仕業と決まったわけではありません」

簑島は釘《くぎ》を刺した。可能性を検討する価値はあるが、ストラングラーによる連続殺人だと決めつけるのも危険だ。先入観は現実を歪める。

「わかってる。だからおれたちに連絡したんだろ」

碓井は得意げに自分の胸を叩《たた》いた。

「ええ。今回の空き物件での殺人では、物件に出入りする人間を見たとか、周辺で不審者を見たといった目撃情報は挙がっていません。あまりにも手がかりが乏しい状況です」

「不審者が目撃されていないんじゃなく、目撃されていた犯人は不審者に見えなかっただけかもしれない……ってことだよな、この中にストラングラーがいるなら」

　碓井が同僚たちの写真を顎でしゃくる。

「ええ。不審者の目撃情報がなくても、これらの写真の人物の目撃情報なら、あるかもしれません」

「いっきに七人ですか。マジでここまで長かったな」

　望月は感極まったらしく、目を潤ませている。

「バカ」と、碓井は望月の肩を小突いた。

「おまえは気が早いんだよ。不審者じゃないってことは、そこらへん歩いてても記憶に残りづらいってことだ。こんな普通の顔したおっさんたちとすれ違って、おまえなら覚えてるか」

　望月があらためて写真を見つめる。制服を着て引き締まった表情をしているから厳めしく映るが、普段の彼らがどこにでもいそうな成人男性だと、簑島がいちばんよくわかっている。

「たしかに……すれ違うおっさんの顔とか、よく見ないしな」

　高揚が急激に萎《しぼ》んだらしく、望月がしゅんと肩を落とす。

「まあでも、無駄足には慣れてるだろ」

　碓井に背中を叩かれ、望月の背筋がのびた。

「そうっすね。こちとら十四年も遠回りしてますし」

「十四年か。すごいよな」

月日の重さをたしかめるように、碓井が腕組みをして頷く。『協力者』に加わってから碓井は一年、簑島は八か月ほどしか経っていない。仁美だって明石と獄中結婚してからそれほど長くはないようだ。いっぽうで望月は、明石の逮捕時点からずっと明石の無実を信じ、活動を続けてきた。それだけ明石に恩義を感じているということだろうし、望月にとっては、明石が信ずるに値する人間なのだろう。

「最近、明石には会いに行ってるのか」

簑島は訊いた。

「いちおう毎日通ってはいます。面会を拒否されているので、会えてはいませんけど」

望月は寂しげに視線を落とし、気を取り直すように顔を上げた。

「でも、こっちで真犯人を捕まえれば万事解決っすからね。ぜったいに捕まえてやりますよ。そして明石さんを自由にするんだ」

自らを叱咤《しった》するように、顔の前でこぶしを握り締める。

「お願いします。おれたちは通常の捜査を継続するので、それではカバーできない部分を調べてもらえると助かります」

「わかってる。任せな」

碓井が力強く宣言し、周囲を見回す。「そういやおれたちって言うが、矢吹ちゃんはどうした」

「今回の現場って、北馬込署の所轄でしたよね」と望月。

「そうだ。矢吹さんは、今回の捜査本部でおれとペアを組んでいる」

「マジか。久しぶりのコンビ復活だな。なのになんでここにいない?」

「碓井さん。矢吹ちゃんのこと気に入ってますもんね」

「娘みたいなもんだからな」

「本当に娘ですか」

疑わしげに語尾を持ち上げられ、碓井がこぶしを振り上げた。

「なんだよ。ふざけたこと言ってるとぶん殴るぞ」

「冗談っすよ。矢吹ちゃんはおれも好きです。めっちゃぐいぐい来るから、ぶっちゃけ最初は苦手だったけど」

二人のやりとりに、簑島は思わず噴き出した。

「なんだよ」と碓井も笑う。

「いや。相変わらずだなと思って」

仲良しこよしをやりたいわけじゃない、ただ利害が一致しただけの結びつきだと、かつて碓井は言った。それは間違いない。普通に生きていれば接点などありえない人間同士の集まりだ。それでも同じ目的に向かって活動するうちに、絆《きずな》を感じるようになった。一時期距離を置いていたからこそ、とくにその存在を強く感じる。

「矢吹さんには連絡したんですが、電話がつながらなくて――」

「そうなのか」

碓井が残念そうに肩を落とす。

そのとき、簑島のスマートフォンが振動して液晶画面に矢吹の名前が表示された。音声着信だ。

「噂をすれば」

簑島はほかの二人に液晶画面を見せた後で、応答ボタンを押した。

「もしもし」

『あ、もしもし、簑島さん。すみません。電話に出られなくて』

「いや、かまいません。いまどこですか」

『署に戻っています。簑島さんは?』

「まだ武蔵小杉です。碓井さんと望月と一緒です」

『本当ですか』

有吉と久慈に会ってくると伝えていたので、加奈子は意外そうだ。

「実は大きな進展があって、急遽《きゆうきよ》、集まってもらいました」

『そうですか。電話に気づかなくてごめんなさい』

「いいえ。かまいません。詳しくは署に戻って話します」

『じゃあ、お待ちしています』

通話を終えてスマートフォンを耳から離したとき、碓井の物欲しげな顔に気づいた。

「もしかして話したかったですか」

「んなことはないけど」

話したかったらしい。

「簑島の旦那、そういうところ気が利かないからな」

望月に冷やかされ、碓井はむっとしたようだ。

「そんなんじゃねえって言ってんだろ」

「はいはい」

「申し訳ない。矢吹さんをこっちに呼びますか」

簑島が電話をかける素振りを見せると「いいっていってんだろ」と、碓井が鬱陶《うっとう》しそうに手を振った。

「いいんですか」

「いいよ」

「本当に？」

嫌らしい横目を向ける望月に、碓井は舌打ちで応じた。

「忙しいだろうし、わざわざ呼び出すこたない」

「まあ、またいつでも会えますしね」

いつでも会える。

なにげなく発せられた望月の言葉が、やけに心に沁《し》みた。

加奈子はしばらく放心した様子で七枚の写真を見つめ、顔を上げた。

「この中にストラングラーが？」

簑島はつとめて冷静に答える。

「はっきりと決まったわけではありません。あくまで仮説に沿った条件に合致する七人というだけです。ですが個人的には、有吉さんと久慈さんの推理には説得力があるし、検証する価値はじゅうぶんにあると思いました」

「私もです。ラブホテルからアパートの空き部屋に犯行現場を変えたのは、前回の犯行から今回までの間に、空き部屋に出入りする方法を知ったから……そう考えると納得がいきます。可能性、あると思います」

通行人に気づき、はっと顔を上げる。

会社帰りらしいスーツの女が、ちらりとこちらを一瞥《いちべつ》し、早足で歩き去って行く。

簑島と加奈子は、北馬込署から二〇〇メートルほど離れた路上で話していた。住宅街で周囲にひと気はなく、頼りない街灯の光が、二人の影をアスファルトに映し出している。

8

内容が内容だけに、ほかの捜査員の耳目がある場所では話題にできない。捜査会議が終わった後で別々に北馬込署を出て、署舎の裏手にあたるこの場所で合流したのだった。

すごい、すごい、と、加奈子は写真をめくりながらうわごとのように繰り返している。

「でもこの人たち全員、簑島さんにとっては同僚ですよね」

仲間を疑って大丈夫なのかと、問いたいようだ。

「もしもストラングラーが本当にこの中にいるのであれば、関係ありません」

「そうですよね。警察官であることを隠れ蓑《みの》に殺しを続けてきたことになりますし、より悪質ですね」

加奈子は気持ちを引き締め直すように頷いた。

簑島は言う。

「今回の現場で、事件前後に不審者の目撃情報はありません」

「防犯カメラの映像にも、それらしき人物は捉えられていなかったようです」

捜査会議で犯人逮捕につながりそうな報告はなく、ひたすら管理官の怒鳴り声が飛ぶだけの不毛な時間になった。あまりに手がかりが少なすぎる。真っ当な捜査では、到底事件解決は望めない。多くの捜査員がそう感じたはずだ。

「ですがここまで候補が絞られているならば」

簑島は加奈子の手にした七枚の写真を指差した。

「目撃者の記憶が喚起されやすくなりますね」

加奈子がまっすぐに簑島を見つめる。

「ただ、おれたちがこの写真を持っておおっぴらに聞き込みすることはできません。ですから碓井さんと望月に協力を依頼しました」

「だからあの二人だったのか。私も久しぶりに会いたかったな」

「定期的に集まって進捗《しんちょく》報告をしてもらうことになっているので、すぐに会えます。明日も会う予定です」

「明日、ですか」

加奈子が複雑そうな顔になる。

どうしましたか、と簑島は目顔で説明を求めた。

「あの、実は簑島さん――」

そのとき、振動音がした。

加奈子に電話がかかってきたようだ。スマートフォンを取り出し、耳にあてる。

「もしもし。こんばんは。どうしたんですか」

これまであまり聞いたことがないような、やさしい語り口だった。

漏れ聞こえてくる声は、女性だった。内容までは聞き取れないが、やや不安定そうな印象の話し声。

うん、うん、とやわらかい相槌を打ちながら、加奈子がスマートフォンを耳から離し、液晶画面をタップする。スピーカーに切り替えたようだ。

『矢吹さんに勇気づけられて、明日、被害届を出しにいこうと思っていたんです』

発信者がわかった。清水早希だ。

なんとなく読めてきた。有吉と久慈に会う簑島と別れた後、加奈子はふたたび清水早希を訪ねたのだろう。性被害に遭って泣き寝入りしてはいけない、葛城陸の犯罪行為を告発するべきだと説得するために。

「わかった。明日、北馬込署で待ってる」

明日の予定について微妙な反応をしたのは、こういう理由か。

「それとも、迎えに行こうか」

加奈子が語りかけても、聞こえてくるのは震える息の気配だけだ。泣いているのだろう。

ようやく声が聞こえてきた。

『行けない……やっぱり、私、行けない』

「どうして?」

『矢吹さんが帰った後で、弁護士さんが訪ねてきたの、葛城ホールディングスの顧問弁護士って言ってた』

加奈子が顔色を変えた。

「葛城の弁護士が? どういう用件で?」

『小切手を持ってきた。金額のところは空欄になっていて、欲しい金額を書き込んでかまわないって。その代わり、被害届は出さないで欲しいって』

「それで、なんて……?」

加奈子のほうも声が震えている。

『断った。お金が欲しいわけじゃないから、バカにしないでくださいって』

緊張で持ち上がっていた加奈子の両肩が、すとんと落ちる。

だが安心するには早すぎた。

『弁護士さんが帰ってから一時間ぐらいして、彼氏から電話があった。おまえ、おれと喧《けん》嘩《か》してる間に浮気したらしいなって言われた。捨てアカウントみたいなアドレスから、私の裸の写真が送られてきたって。浮気じゃなくてレイプされたって言ったけど、もう信じられないって。そもそもナンパについていく時点で悪いって。もう別れようって……私、そんなに悪いことしたのかな。ちょっとお酒を飲むだけのつもりで、それ以上変なことをしようと思ってなかったけど、私が悪いのかな』

「悪くない。早希ちゃんはぜんぜん悪くない。だって薬飲まされたんだもん。悪いのはぜんぶ葛城」

加奈子はスマートフォンに語りかけながら歩き出していた。清水早希のアパートに向かうつもりだろう。

『私、被害届出せない』

「わかった。出さなくていい。その代わり、いまから会って話せないかな。これからそっちに行くから」

『もう、無理……そんなつもりなかったのに』

「私が話、聞くから。話、聞かせて。ね、これからすぐに行くから。待ってて」

『ごめんなさい』

「謝る必要ない！　早希ちゃんはなんにも悪くない！」

早足からほとんど駆け足になっていた。

駅に向かって急ぐ加奈子の腕を、簑島はつかんだ。ちょうどタクシーが通りかかっていたので、そのほうが早い。

タクシーが停車し、後部座席の扉が開く。

「すぐに行くからね！　ちょっと待って――」

啜り泣く声がふいに途切れ、通話が切断された。

9

清水早希のアパートまで、タクシーで二十分ほどかかった。

支払いを済ませた簑島は、先におりていった加奈子を追いかける。加奈子はアパートの扉を激しくノックしていた。

「早希ちゃん！　清水さん！　開けて！　お願い！」

扉の横の格子窓の向こうは真っ暗で、まったく人の気配がない。加奈子の必死の呼びかけを聞きながら、取り越し苦労であって欲しい。留守であって欲しいと願った。

騒ぎに気づいて、同じアパートの住人や近隣住民が様子を見に出てくる。

その中に大家の姿があった。きつめのパーマをかけた、丸々とした身体つきがいかにもおおらかそうな中年女性だ。

簑島は加奈子から離れ、大家に駆け寄った。

「刑事さんじゃないの。こんな時間にいったいなに」

大家は怪訝そうに加奈子の後ろ姿を見ている。

「清水さんの部屋の合い鍵、お持ちですか」

「ええ。もちろん」

「お借りできますか」

「清水さんがどうかしたの」

「早く！」

簑島の焦りに背中を押されたように、大家が走り出した。数分後に鍵の束を持って戻ってくる。

大家から鍵を受け取り、清水早希の部屋に向かう。加奈子が扉にへばりつくようにしながら呼びかけを続けているが、その声から力はなくなりつつあった。

「どいて」

放心したような加奈子の顔がこちらを振り向く。

「早くどいてくれ」

簑島は加奈子を押しのけ、鍵穴に鍵を差し込んだ。

扉を開け、土足で部屋に上がり込む。

狭いけれども綺麗に片付けられた、六畳ほどのワンルーム。慎ましやかに生活を営んできた痕跡。地道に懸命に生きていたあかし。そこに清水早希の姿はない。

玄関から向かって左手にシンクがあり、右手にバスルームと思《おぼ》しき磨りガラスのサッシ扉がある。

不在であってくれ。

そう念じながらサッシ扉を開いた簑島の祈りは、天に届かなかった。

水を張ったバスタブに清水早希が浸かっており、水が赤黒く染まっている。バスタブの横には、果物ナイフが落ちていた。バスタブの中で手首を切ったか。

追いかけてきた加奈子が両手で口を塞《ふさ》ぐ。

「なんで……！」

簑島はしゃがみ込み、清水早希の首筋に手をあてる。脈動は感じない。呼吸も止まっているようだ。栓を抜き、裸の女をバスタブから抱え上げる。そのときに左手首の深い傷に気づいた。傷口から血が流れていないので、心臓はすでに止まっている。絶望的な気分になる。

「救急車を！」

扉の前に立つ加奈子を肩で押しのけるようにしながら、清水早希をバスルームから運び出した。床に寝かせ、両手で鳩尾《みぞおち》を押し込みながら心臓マッサージをする。

「矢吹さん！　救急車！」

　ようやく我に返ったように、加奈子がスマートフォンで電話をかけ始める。

　両手を重ね、懸命に押し込む。だが拍動は戻らない。清水早希の肉体の感触は、生命体のそれではなかった。

　噴き出した汗が目に入り、ぎゅっと目を閉じる。開いてみても視界はぼやけたままだ。

　それでも手を止めるわけにはいかない。

「戻ってこい！　戻ってこい！」

　清水早希に向かって呼びかける。何度か目を閉じたり開いたりするうちに、視界が鮮明さを取り戻してくる。

　生気を失った青白い顔。

　だがそれは、つい先ほどまで見ていたものと違う。

　真生子の顔だった。

　簑島は十四年前に殺された元恋人に、心臓マッサージを行っていた。

　――どうだろうねえ。

　伊武の声が響く。脳に直接語りかけてくる。

　――一度ならず二度までも、恋人を死なせてしまうことになったら、しんどいよなあ。

　違う。彼女は真生子ではない。頭で反論するが、簑島の目に映っているのは、まぎれもなくかつて愛した女の顔だった。

「戻れ！　戻れ！」

この世に戻ってこいと言ったのではない。真生子の顔から、清水早希に戻って欲しいという心の叫びだった。

一度ぼやけた映像がふたたび像を結ぶ。

そこには清水早希の顔があった。

――しかしこの女も気の毒だな。薬飲まされてレイプされて、そのときに撮られた写真が原因で恋人に捨てられてさ、挙げ句の果てに自殺だもんな。踏んだり蹴《け》ったりどころの話じゃないよな。

簑島は両手を動かし続ける。

――清水早希の恋人に写真送ったの、どう考えても葛城だよな。葛城しか画像持ってないはずなんだから。金で黙らせようとしたのに断られたもんだから、脅しのためにやったんだ。妙な動きしたらこの画像ばらまくぞ、今回は恋人だけど、次は職場かもしれないぞ。あんな画像見られたら、いまの職場にもいられなくなるぞ……ってな。

心臓マッサージだけに意識を集中しようとする。だが伊武は逆に存在感を増してくる。

――理不尽じゃないか？　女にはなにひとつ非はない。あるとすればナンパの誘いに乗ったことぐらいだが、そんなので非難されてたら悪いやつから酷い目に遭わされるやつは、全員が自己責任ってことになっちまう。誰とも出会わず、誰のことも信頼せずに一人で閉じこもって生きていくしかない。そんなのは不可能だ。人間は猿だからな。猿は群れで生きる動物だ。

ちょっと話が逸《そ》れちまったが、と、伊武が続ける。

――女は悪くない。少なくとも法律は一つも犯していない。なのになんでこんな結末を迎える。かわいそうに。こりゃ心停止してからけっこう経ってるな。もう戻ってこられないだろう。終わりだよ、終わり終わり。

「まだだ！　まだ望みはある！　まだ若いんだ！　戻ってこい！」

ひとつの躓《つまず》きがなんだって言うんだ。いくらだって挽回《ばんかい》できる。楽しいことや、幸せな瞬間を、生きてさえいればきっと経験できる。

――もう無理だって。ホトケさん何体も見てきてるんだから、おまえだってわかってるだろうに。

「戻ってこい！」

――それにしても酷いよな。葛城陸は五回逮捕されてぜーんぶ不起訴だぜ。薬飲ませて女犯して、犯してるところを写真や動画に収めたり免許証撮影したりして脅すなんて、相当悪質だと思うが、金さえあれば執行猶予どころか起訴すらされないんだ。なんだろうな、法律って。なんだろうな、正義って。結局、金と権力を握った者が生きやすくするための都合の良い概念じゃねえのか、正義なんて。一人殺してもセーフだが、二人以上ならアウト。戦争になれば殺せば殺すだけ偉い。女犯しても金さえあれば不起訴処分で無罪放免。正義の尺度、ぐらぐらじゃないか。意味わかんないだろ。

だからさ、と伊武の声が耳もとで囁《ささや》く。

——委ねるな。おまえが決めるんだよ、正義を。仲の良かったクラスメイトを殺して爪楊枝《つまようじ》ほどの罪の意識すら感じていなそうな、あのガキ、覚えてるだろ。あの小さな怪物。あいつはガキだっていうだけで更生の余地があるとみなされ、何年か少年院に入っただけで娑婆《しゃば》に出てくる。そして葛城陸みたいなクズになって、ふたたび他人を傷つけるんだ。ガキの時分でさっさと見切りつけて社会から排除されていれば、生まれずに済んだはずの被害者が生まれる。清水早希は自殺しても、葛城陸の人生はなーんも変わらない。やつにとって清水早希をレイプしたのは、排泄《はいせつ》みたいなもんだ。便所行って小便するのと変わらないんだよ。その結果、女が自殺しても、なんで自殺したのか理解すらできないだろうな。当然反省も後悔もしない。すぐには次の犯行に及ばないかもしれないが、それは小便したくなってないからだよ。膀胱《ぼうこう》がいっぱいになれば、また排泄したくなる。

どこかから獣じみた咆哮《ほうこう》が聞こえる。

と思ったが、それは簑島自身の声だった。全身を駆け巡る怒りが、叫びとなって放出されたのだった。だがまだ足りない。泣いても叫んでも、マグマのように感情が噴き出してくる。

——真生子を殺した犯人も、同じだったかもしれないな。

肩に手を置かれ、弾《はじ》かれたように振り向いた。

ヘルメットに青い防護服を着た男が立っている。救急隊員か。簑島の思いがけず激しい反応に驚いた様子だ。

「か、替わります」

「ああ」

簑島は額を手の甲で拭《ぬぐ》いながら、清水早希から離れた。濡れた手の指先から、汗のしずくがボタボタと床にしたたり落ちる。

すぐそばでは別の救急隊員が、加奈子から話を聞いている。

簑島と入れ替わった救急隊員は、清水早希の手首を握って脈拍をたしかめている。

「無駄だ」

簑島の呟きに反応して、救急隊員が振り向く。

「無駄だ。もう死んでる」

救急隊員の顔が強張った。

——そうだ。死んでる。とっくに死んでる。死ななくてもいい命が、怪物のせいで奪われた。いや、怪物のせいというより、怪物が我が物顔で生きられるような社会の仕組みのせいだ。誰かに都合よく作られた法律のせいだ。

「簑島さん？」

心配そうに見上げてくる加奈子の横を通過して、部屋の外に出る。

「簑島さん。どこ行くんですか」

——罰しろ。社会が罰しないのなら、法律が罰しないのなら、おまえが罰しろ。

「簑島さん。大丈夫？」

腕をつかんでくる加奈子の手を振り払う。

——委ねるな。

「おれが罰する」

簑島は走り出した。

「簑島さん！」

加奈子の呼びかけは、鼓膜を素通りした。

10

救急隊員への事情説明を終えた加奈子は、アパートの外に出て簑島の姿を探した。

いない。どこに消えたのだろうか。

スマートフォンを取り出し、碓井に電話をかけた。

呼び出し音を聞きながら、かつて簑島の口にした言葉を反芻《はんすう》する。

——頭がおかしくなってきているんです。だんだん伊武さんに支配されていて、無意識に行動していることや、ときには記憶を失うこともあります。

いまがそうではないか。心ここにあらずという感じで、加奈子の声も届いていないようだった。

電話がつながらない。通話を切り、次は望月にかけようとした。

そのとき、液晶画面に碓井の名が表示された。着信履歴に気づいてかけ直してきたようだ。

応答ボタンを押してスマートフォンを耳にあてる。

「もしもし、碓井さんですか」

『よう。こんな時間にどうした。もしやおれの声が聞きたくなった――』

冗談に付き合っていられる余裕はない。

「簑島さんがいなくなりました」

『は?』

どうしたんですか、と碓井に訊ねているのは、望月のようだ。矢吹ちゃんから、簑島さんがいなくなったって。

声が戻ってくる。

『どういうこった』

加奈子は大通りに向かって走りながら、なにが起こったかを説明した。

運良く大通りに出てすぐに空車のタクシーが通りかかり、手を上げて乗り込む。

話を聞き終えた碓井が、長い息をつく。

『このところみるみる痩《や》せてるから疲れているんだろうと思っていたが、そんな状態だったとは……』

『水くさいっすよ、簑島の旦那。そんなに無理することなかったのに』

途中から碓井がスピーカーホンに切り替え、望月も会話に参加していた。

「簑島さんはおそらく、葛城のマンションに向かったんだと思います」

おれが罰する。簑島は最後にそう呟いていた。女性への性加害を繰り返しているにもかかわらず、金で事件を揉《も》み消し続ける葛城を罰するという意味だろう。

伊武は明石逮捕のために不正な工作を行い、その事実に気づいた外山を殺害した。自らの信じる正義のためには法を犯してもやむなし、邪魔者は排除すべしという、歪んだ信念の持ち主だった。伊武に乗っ取られた簑島のいう罰とはすなわち、葛城に死をもって償わせることではないか。

「私はこれから京急蒲田の葛城のマンションに向かいます」

『待て。矢吹ちゃん、いまどこにいる』

「久《く》が原《はら》駅の近くからタクシーに乗って環八を南に向かっています」

『ならおれたちのほうが近い。五分もすれば着けると思う』

「お願いしていいですか」

『わかった。また連絡する』

加奈子は通話を切ると、すぐに簑島に発信した。

呼び出し音がむなしく響く。

発信を中止し、『いまどちらにいらっしゃいますか？』とメッセージを送った。既読にもならない。

車窓を流れる夜の街並みを眺めながら、焦りばかりが募る。簑島はいったい、どこに向かったのか。葛城を罰しようとしていると勝手に解釈したが、その解釈は正しいのだろうか。もしも違ったら明後日《あさって》の方向に追跡してしまっている可能性もある。

宣言通り、五分ほどで碓井から電話がかかってきた。

『留守だな。オートロックをすり抜けて部屋の前までやってきてるが、人の気配がない。鍵を開けて中を見てみるか』

「いや。人の気配がないのなら大丈夫です」

オートロックをすり抜けた時点ですでに不法侵入だ。これ以上法を犯させるわけにはいかない。

『葛城のやつ、どこに行きやがった』

『命を狙《ねら》われてるとも知らずに、どっかで呑気《のんき》に飲んでるんじゃないですか』

望月の声には軽蔑がこもっている。

『まあ、他人を傷つけてばかりいる人間は、自分が傷つけられることなんて考えもしないだろうからな』

「あ」と、加奈子は声を漏らした。

『どうした』

「葛城と仲の良い幅という男が、蒲田駅前のアーケードの近くでダイニングバーを経営しています。あの男に聞けば、なにかわかるかも」

舌打ちしたい気分になる。簑島は葛城の自宅ではなく、最初から幅を訪ねたかもしれない。だとしたらとんだタイムロスだ。

店の所在地を伝え、碓井と望月に向かってもらうことにした。

通話を切った後で、ふたたび簑島に発信する。応答はない。

次に加奈子はスマートフォンで幅の店の名前を検索した。ダイニングバーなら固定電話があるかもしれない。

期待通りだった。表示された電話番号に発信する。

だがつながらない。しばらく待って通話を切り、インターネットに掲載された営業時間の情報を確認する。朝方までの営業になっており、定休日でもない。情報が正確でない可能性もあるが、胸騒ぎがする。

するとふたたび、碓井から音声着信があった。

スマートフォンが震える前に応答ボタンを押す。

「どうでしたか」

『ヤバいぞ。店の中がめちゃめちゃになってて、幅が血を流して倒れていた』

指先が冷たくなった。

「簑島さんがやったんですか」

『そうらしい』

『本当なんすかね。人違いじゃないっすか』

　望月には信じられないようだが、幅は一度、簑島に会っている。人違いではない。

『いきなりやってきた簑島さんが、椅子やらなんやら振り回して大暴れした後で、葛城に電話をかけて居所を聞けと命令してきたらしい。指示通りに電話をして用件が済んだ後は、幅のスマホを踏み壊して出て行ったそうだ』

　聞けば聞くほど、簑島の仕業とは思えない。だが簑島以外にそんなことをする動機のある人物もいない。

　なんとしても最後の一線を越える前に止めないと——。

「で、葛城はどこに？」

『川崎の銀柳街《ぎんりゅうがい》にあるマリーゴールドっていうスナックらしい』

「銀柳街って、川崎駅の東口のほうにある？」

『そうそう。歓楽街っていうか、風俗街だ』

　タクシーは蒲田駅の近くまで来ていた。今度こそ自分のほうが近い。

「わかりました。川崎に向かいます」

『おれたちもすぐに行く』

　通話を終え、スマートフォンをしまいながら運転手に指示を出した。

「すみません。このまま川崎駅のほうに向かってもらえますか」

「はいよ」

運転手は愛想よく応《こた》え、ウィンカーを点滅させた。

11

銀柳街の入り口でタクシーをおり、スマートフォンのメモを頼りに店を探した。もうすぐ終電という時間にもかかわらず、アーケードは賑《にぎ》わっている。べったりと身体を密着させたカップル。タクシー帰宅を覚悟したらしいスーツの集団。まだ中学生ぐらいにしか見えない若者たちが、道ばたに座り込んで談笑している。きみたちいくつなの？　早く帰りなさい。いつもなら声をかけるところだが、いまはそんな時間はない。酔っているのか、ひたすら壁に頭を打ち付けながら奇声を発する男のことも無視して、加奈子はアーケードを抜け、街の奥へと入っていった。

しばらく進むと、コンビニエンスストアの看板が見えてくる。『マリーゴールド』はその隣の雑居ビル三階に入っていた。

エレベーターで三階にのぼると、紫色に白字で店名の書かれたスタンド看板が光を放っていた。加奈子は心の準備をして、重そうな木製の扉を開いた。

「いらっしゃーい」

快活な声で迎えられ、拍子抜けする。

カウンターが五席と、ボックスのソファ席が三組ほど。駆け込んできた若い女に、店じゆうの視線が集中する。加奈子はそれらすべてを受け止め、全員の顔を見渡した。葛城はいない。

「お一人ですか」

おそらく自分と同じくらいの年齢の、露出度の高い服を着たホステスが歩み寄ってきた。

「葛城、さんは……？」

「あら。陸くんのお友達？」

そこまでは笑顔だったが、ホステスの顔から次第に表情が失われていく。加奈子の雰囲気から、相手は客ではないと判断したようだ。

「ここにいると聞いたのですが」

「いたけど、さっき刑事が来て連れていかれたわよ」

「またなにかやらかしたんだよ、きっと」

奥のほうにいたホステスが茶化すように言い、居合わせた客やホステスが笑う。なにを呑気なと思うが、素性を隠すこともせずに訪ねてきた警察官の目的が、まさか殺人だとは予想もしないだろう。

加奈子は店を飛び出した。非常階段を駆け下りて雑居ビルを飛び出し、夜の街を走って捜索する。

するとき前方からやってきた碓井と望月に出くわした。

「どうだった」

「簑島の旦那は？」

二人が口々に言う。

「店から葛城を連れ出したそうです」

「まだこのあたりにいるかもしれないな」

「手分けして探しましょう」

三人は別々の方向に駆け出した。

お世辞にも治安の良い街ではない。剣呑《けんのん》な雰囲気の人間が揉み合いをしていたり、怒号のようなものが遠くから聞こえてきたりする。

ふいに、加奈子は足を止めた。

ビルとビルの隙間《すきま》の狭い路地に、人影が見える。

一人ではない。人影の足もとには、もう一つの人影があった。誰かが誰かを蹴っている。蹴っているほうは肩で息をしながら白い息を吐いていて、蹴られているほうは頭を両手で覆いながら、なにやら呻《うめ》いている。

「簑島さん！」

確認する前に声に出していた。

蹴っているほうの人影が、びくっと両肩を跳ね上げる。簑島で間違いないようだ。

だが簑島らしき人影はこちらを一瞥しただけで、ふたたびもう一人を蹴り始めた。

「やめて！」

駆け寄ろうとしたとき、左から走ってきた乗用車に進路を塞がれた。飛び退いて車をやり過ごし、簑島に駆け寄ろうとする。

が、思いがけない光景に硬直した。

簑島らしき人影が、長い棒状のものを持っている。鉄パイプかなにかだろうか。その棒状のものを両手で高々と持ち上げ、足もとに横たわる人物を杭《くい》打ちの要領で突き刺そうとしていた。

12

——どうする？

簑島が鉄パイプを振り上げたそのとき、伊武の声がした。

——おまえのお仲間が見ているぞ。おまえは怪物なんかじゃないと信じて、おまえに人を殺して欲しくないと願う仲間が。

「振り返らない」

簑島は自分に言い聞かせる。

振り返ったら、加奈子とふたたび目が合ってしまう。そうなってしまえば、もう葛城にとどめを刺す勇気はなくなる。

葛城は虫の息に見えるが、まだ胸が膨らんだり萎んだりを繰り返している。呼吸しているのだ。ここで手を止めれば、いずれ回復し、また誰かが傷つけられるのは目に見えていた。

痛めつけたいのではない。

殺さなければ、意味はない。

――おれも同感だ。ここでやめちまえば、おまえはこいつに怒りをぶつけただけになる。誰かを救うことにはならない。ここで仕留めちまえば、将来の被害者をなくすことができる。一人や二人じゃすまないだろうな。結果的に多くを救うことになる。

だがさ、と伊武は続ける。

――さすがにお仲間の前で人を殺すっていうのは、刺激が強すぎるんじゃないか。おまえがおれと同じ考えになってくれて、おれはすごく嬉《うれ》しい。嬉しいけど、おまえの立場ってもんも理解しているつもりだ。おまえは真面目《まじめ》で堅物で虫も殺さない男だと、周囲に思われている。本当は怪物だが、真実の姿なんて関係ない。どう見えているのかが大事だ。おまえは怪物だと思われていない。人を殺すような人間だと思われていない。だからおまえが人を殺すことで、がっかりする人間がいるんだ。勝手に期待をかけて勝手に裏切られたという見方もできなくはないが、おまえの普段からの振る舞いが、周囲にそう思わせてきた部分だってあるだろう。おまえは心やさしい人間のように、自分を演出してきた。それなのに裏切るのか。壊すのか、ぜんぶ。あの矢吹って女は、おまえのことを尊敬してる。その女の前で、おまえはすべてをぶち壊すのか。

いまさらなにを言う。簑島は思った。

これまで散々そそのかしてきたのは、どこのどいつだ。

――それはそうだけど、おれはおまえだからな。おまえの一部だ。おまえは他人にそそのかされたんじゃない。自分にそそのかされたんだ。おれは伊武の姿を借りた、おまえの願望であり衝動だ。

わかってる。おれは狂っている。

――人はみんな狂ってるんだ。狂ってる自覚があるぶん、おまえはまだマシなほうかもしれないぜ。

おれは怪物だ。

――そいつはまだわからないんじゃないか。おまえは葛城を痛めつけてボコボコにした。もとの整った女みたいな顔が跡形もないぐらい変形して、身体のあちこちの骨も折れてるな。左腕なんか見てみろよ。人間の腕は普通あんなふうには曲がらないんだ。

伊武が甲高い笑い声を立てる。

葛城はボロ雑巾《ぞうきん》のようだった。スナックから連れ出した当初こそ粋がっていたが、刑事の殺意が本物だとわかってからは泣きながら命乞《いのちご》いしてきた。その情けない様子を見て、余計に腹が立ち、暴力を振るうのに躊躇がなくなった。

――あーあ、酷いもんだ。歯もほとんど折れちゃってるし、よほどの名医に治療してもらわないと、二度とナンパできないな。なかなかここまでの暴力は振るえない。泣いたり苦しんだりしてるところを見ると、人間、情けってものが出てきちまうもんだ。でもおまえは途中で情けを見せたりしなかった。だから才能はある。認めるよ。残酷さってのは、才能だ。だが残酷だからって怪物かといえば、そうでもない。人を痛めつけるのと、殺すのは違う。やることは同じでも、命を奪える人間とそうでない人間の間には、ふかーい溝があるんだ。

「おれは怪物だ」

――違う。

「怪物だ」

――違う。

「怪物だ」

――そこまで言うなら証明してみせろ。

血まみれになった葛城が、こちらを見ながらかすかに唇を動かしている。ただ懸命に酸素を取りこもうとしているようにも、命乞いの言葉を吐こうとしているようにも見えた。どちらにしろ、簑島には関係ない。

「簑島さん！」

加奈子の叫びも夜の繁華街の喧噪《けんそう》にまぎれる。

簑島は雄叫《おたけ》びを上げながら、鉄パイプを葛城の胸に突き刺した。

本書はハルキ文庫の書き下ろしです。

本作品はフィクションであり、登場する人物、団体名など架空のものであり、現実のものとは関係ありません。

Haruki Bunko
ハルキ文庫

さ 26-3

ストラングラー 死刑囚《しけいしゅう》の悔恨《かいこん》

著者 佐藤青南《さとうせいなん》

2023年2月18日第一刷発行

発行者 角川春樹

発行所 株式会社角川春樹事務所
〒102-0074 東京都千代田区九段南2-1-30 イタリア文化会館

電話 03(3263)5247(編集)
03(3263)5881(営業)

印刷・製本 中央精版印刷株式会社

フォーマット・デザイン 芦澤泰偉
表紙イラストレーション 門坂 流

ISBN978-4-7584-4539-9 C0193 ©2023 Sato Seinan Printed in Japan
http://www.kadokawaharuki.co.jp/[営業]
fanmail@kadokawaharuki.co.jp[編集] ご意見・ご感想をお寄せください。

佐々木譲の本

笑う警官

札幌市内のアパートで女性の変死体が発見された。遺体は道警本部の水村巡査と判明。容疑者となった交際相手は、同じ本部に所属する津久井巡査部長だった。所轄署の佐伯は津久井の潔白を証明するため、極秘裡に捜査を始める。

警察庁から来た男

道警本部に警察庁から特別監察が入った。監察官は警察庁のキャリアである藤川警視正。藤川は、道警の不正を告発した津久井に協力を要請する。一方、佐伯は部下の新宮とホテルの部屋荒しの事件捜査を進めるが、二つのチームは道警の闇に触れる——。

ハルキ文庫

佐々木譲の本

警官の紋章

洞爺湖サミットのための特別警備結団式を一週間後に控えた道警。その最中、勤務中の警官が拳銃を所持したまま失踪。津久井は追跡を命じられる。所轄署刑事課の佐伯、生活安全課の小島もそれぞれの任務につき、式典会場に向かうのだが……。

巡査の休日

神奈川で現金輸送車の強盗事件が発生し、一人の男の名が挙がる。その男は一年前、村瀬香里へのストーカー行為で逮捕されたが脱走し、まだ警察の手を逃れていた。よさこいソーラン祭りに賑わう札幌で、男から香里宛てに脅迫メールが届く。

ハルキ文庫